伤心的人

陈 侗 著

伤心的人

江苏凤凰文艺出版社

图书在版编目(CIP)数据

伤心的人 / 陈侗著. —南京:江苏凤凰文艺出版社,2024.3
ISBN 978-7-5594-8074-3

Ⅰ.①伤… Ⅱ.①陈… Ⅲ.①长篇小说-中国-当代 Ⅳ.①I247.5

中国国家版本馆CIP数据核字(2023)第210478号

伤心的人

陈 侗著

责任编辑	周颖若
特约编辑	里 所 方妙红 后 乞
封面设计	魏 魏
出版发行	江苏凤凰文艺出版社
	南京市中央路165号,邮编:210009
网　　址	http://www.jswenyi.com
印　　刷	河北鹏润印刷有限公司
开　　本	787毫米×1092毫米 1/32
印　　张	8.5
字　　数	117千字
版　　次	2024年3月第1版
印　　次	2024年3月第1次印刷
书　　号	978-7-5594-8074-3
定　　价	49.00元

江苏凤凰文艺版图书凡印刷、装订错误可随时向承印厂调换

献给不远的过去

七上八下
九九归一

目 录

一封信 …………………………… （001）

野山 ……………………………… （005）
谭明珠 …………………………… （025）
何曼丽 …………………………… （045）
肥佬 ……………………………… （061）
丁先生 …………………………… （089）
委托人和卢婷婷 ………………… （115）
阿七 ……………………………… （145）
小文 ……………………………… （171）
阿六和阿萍 ……………………… （189）
路人甲 …………………………… （223）

录像的完整脚本 ………………… （249）

一封信

你好!

很久以来,我都想写小说,但又怀疑自己讲不出故事,直到我拍了一些带有叙事性的录像,编了几个属于情景对话的短剧,才发现故事原来就隐藏在画面或概念中,写小说就是将故事从词语的深海中打捞上来。

粗略估算了一下,三十年来,我在广州以及周边乡镇租赁的物业超过了五十处,这也意味着我跟同样多的业主签订过合同,有过同样多次数的搬迁。如果每搬到一个新地方带来的兴奋都是短暂的,无尽的折腾倒是带给我能够接触到不同社会人群的好处,这比我在学校当老师只面对同事和学生要丰富得多。当然啦,我并不是为了体验这一点才去租房子,实在是因为我对"文化实践"的理解是从办书店开始的,随之而来的就是更多的空间实践,它们构成了我的无法倒推的人生。没有人比我过得更好,没有人比我过得更差。

这部小说并不是对这三十年折腾的记录,也没有写到过任何一次搬迁。在构成故事这一点上,里面出现的人物和情节也不是我长期接触的人和亲身经历的事,如果说它们算不上虚构,那么它们就属于现实主义创作中所谓的"典型",是将广泛的社会生活放进一个处理器进行蒸发之后得到的结果。我相信任何有经验的作者都会同意这一点,我之所以强调它,只是想交代一下这部小说的来历:它没有在写作大纲的规划下一步步深入生活展开调研,也没有受到某个具体事件的刺激,它的形成——从人物到情节——都是源于一个录像,而录像又源于书店,源于书店所处的具体社会。如果说书店一直都处于社会的包围当中,起初是校园,后来是商业大楼,那么只有到了昌兴街,它才真正被安插到广州的城市生活中,以一种失败者的姿态暴露在各类人群的眼前。

尽管昌兴街是一条短而直的小巷,但它也像一幅卷轴风俗画,立于其中的书店可以成为市井生活的观察哨和舞台,就像老舍的《茶馆》一样。更为贴切的想象可能是电影《七十二家房客》和电视连续剧《外来媳妇本地郎》。如果说我并没有抄袭它们,但的确得承认某种意义上我在向它们致敬,也就是不由自主地建立起了小说和它们之间的互文性。当然啦,无论从哪个角度来说,我对社会生活的观察和积累都有那么点自以为是,或者说还停留在作为画家的可怜的形式表面,但愿这一不足还能从"间离效果"上找到理论支持。

如果说小说从来没有真正的虚构,那么我笔下可能有的真实性都是来自我自己,我是人物的替身和影子。我既是野山,也是谭明珠、丁先生、肥佬和阿六、阿七,我是所有的人和物,甚至那些真实的街道名字,也是因为我对它们比导航还熟悉。在这里,我再一次向你兜售福楼拜著名的"包法利夫人是我",它对我来说，如今已成为医治想象力匮乏的万金油，坚如磐石的文学立场，十分清楚地解释了为什么小说中的人物性格拉不开距离，为什么不同的人物总是用相同的语气说话。看着这些替身和影子，想想故事所隐含的主题，我也时常会感动一番，那也许是因为我作为可能的他们，某些方面恰恰是被这长时间的折腾给遮蔽或覆盖了，而写作就是一次清理和暴露。

每个人都有过伤心的一天，无论是爱情失落还是时光不再，我们不愿意接受的未知或改变都可以带动伤心的情绪。我要做的工作就是尽量让它们看上去结实可靠，同时又真正地保护那些不可能说清楚的模糊。

C. T.

PS：不要忘了我是画画的，擅长用相同的手法表现不同的事物，一下笔就带有自己的气息，穿上不同的衣服就成了别人。你看到那些人总是能想起我，这一点也不奇怪，我甚至觉得"千人一面"的评价对画家是一种赞扬。

野　山

"野山"这个名字，除了野山自己，除了粉丝艾米和辛迪，没有几个人说好，它好像，用一种过时的说法，就是太文艺了。实际上，由于野山一直没有能够将作品发表，就连几首小诗也都一直压在抽屉里，"野山"作为笔名也就一直没有成为印刷体，而只是以不同的书写方式——有时横排，有时竖排，有时两个字紧挨着，有时中间又空一个字——被他刻在稿纸的第一页，那些他想象的封面上。这里所说的"刻"，是用来形容他书写"野山"这两个字时的用心和着力，就像他父亲当年刻钢板一样，咬着牙，五个手指紧攥住笔，差点就把纸划破。假如我们能够把这张纸单独抽出来，对着灯光细细研究上面"野山"两个字的笔画，就能感到野山双勾书写时所用的气力超出了一般人硬笔书写的程度，纸上留下的凹痕尽管肉眼很难发现，事实上的确存在。

说起自己的父亲，野山不无骄傲，尽管他现在已经超过他，但没有他就没有自己的今天。父亲年轻时也迷文学，在用钢板蜡纸给厂里刻宣传材料之余，曾偷偷地刻过整本《少女之心》，为此不光进了派出所，还差点丢了工作。野山的文学启蒙就是通过家里仅存的几本藏书，例如《安娜·卡列尼娜》和《彷徨》，那一年他十一岁。

在父亲的影响和鼓励下，野山从中学起就喜欢读民国时期的文学作品，而且他多少还收藏了一些当时的版本，所以他的文学梦想也总是跟那个时期的作家和流派有关，什么弥洒社、绿波社，什么七月派、九叶派，他都喜欢。包括他现在住的这个地方，中山五路边上挨近北京路的昌兴街，据说也是受启发于一位文史专家的考证，为了实现他的时光追忆特意选择的。他算不上认识这位专家，也就是某个晚上在书店的一个讲座上听他讲近代广州，讲着讲着顺便就提到了昌兴街的历史。创造社，对。还有丁卜书店。专家说，这些代表新文化运动的据点好像都在这里。

野山当时坐在跟专家隔着几排座位的一个角落里，似乎在听，又似乎在想着什么。他冲专家而来，同时又避开他，这是他处事的一贯做法，毕竟他已经不是小年轻了，不再有那种傻傻的勤学好问。老实说，他对专家如数家珍地提供这些历史和地理知识并不感到惊奇，自己多少也做过一点功课，知道如今的这个文化旅游街区并不完全是有关部门拍脑袋规划出来的，的确是有一条漫长的历史线索，通过地上的房子和地下的遗址将现代和宋代联系到了一起。当然啦，就地上的房子来说，野山的兴趣主要在商务印书馆，也不是看中它特别怎样，而是好奇之前的它跟现在的它有什么不同。他不止一次地在那块纪念商务印书馆的牌子前站了许久，尽管它是挂在他从来没有走进去过的科技书店门口。正是为了这种已经不能发光的辉煌,野山每隔几天就要来这一带走几圈,从文明路走到文德路,从新华书店走到古籍书店,在太平馆西餐厅吃个最基本的午餐,叫一盘他最爱点的生炒牛肉饭,然后走到财厅前面,把整幢建筑从头望到脚,数数它有几级台阶,却从来不敢踏上一步。他知道,财厅,虽然也是管钱的,却比银行离他更远。

讲座还在继续,但野山已经悄悄离座。当书店的门还在晃荡时,一身黑色行头的他已经被中山五路北京路的霓虹灯融化。几分钟前,野山忍不住在心里谋划起一个计划来:是时候搬来昌兴街住了,他要呼吸这里残存的文人气息,哪怕这气息中含有过多自己想象的成分,这是他目前除了研究之外唯一能做的,也可能使研究切入得更深。野山提早离开书店就是因为他已经从专家那里收获了他想要的,再往下听,他的注意力可能就会分散。就这一点来说,他比在座的所有听众更投入、更积极,目的性也更强。知识,对他来说总是能够很快变成行动，这让他感到自豪。

第二天，野山像逛超市一样出现在图书馆，他的身影像幽灵一样在一排排书架间闪过，他的手指划过花花绿绿的书脊丛林。在广州寻找关于民国广州历史的书籍，只要找对了图书分布的区域，这项工作本身并不费力，因为标为"岭南文史"的书一共就那么多，其中关于广州的都以广州的什么什么为题，有年鉴，也有历史文献。野山把他认为找对了的书集中起来搬到了大桌子上，每打开一本，他就先翻到目录页，眼睛指挥着手指，像扫描仪一样压着每一行，从左到右一个字一个字地推过去，生怕漏掉了哪一行。几本书下来，野山收集到的与昌兴街相关的描述少说也有二十来处，由于编写者习惯于从面到点，每一处都从强调北京路（旧时的永汉路）和中山五路（旧时的惠爱中路）的悠久历史开始，因此页数还真不少，这让寻了半天宝的他信心满满。不过，每当野山以为下一页就会讲到昌兴街的历史时，可恶的编写者就跳了过去，新大新完了就是财厅,财厅完了一下子又跳到了广大路的赤社。我丢!野山嘴里冒出了刚到广州时学的第一句白话,它足够精确地表达了他的失望。的确,想要什么就没有什么,很多时候就是这样。无奈之下,野山只好把他锁定街区的半径延长了一倍,以涵盖所有的检索方式。比方说,关于文明路的中山大学,相关的词条可能会提到郭沫若,然后可能就会提到创造社,再往后可能就会提到昌兴街。如果专家提供的算是情报的话,野山此时的任务就是要证明情报的可靠性。这场算是补课的激动与忐忑参半的探索从上午一直持续到下午,野山一共收集到十来条跟昌兴街有确切关联的信息,可那些干巴巴的句子翻来覆去都只提到开百货公司的两兄弟。丢!本来嘛,蔡昌和蔡兴,这是明摆着少不了的呀。管他呢,野山退后一步想,既然专家说了,那一定是有依据的,或许这依据就隐藏在某份口述实录里,只是暂时还没有作为词条收进图书馆最喜欢收藏的大部头。

从图书馆出来,野山只花了十来分钟就回

到了昌兴街,虽然没有找到令他满意的文字记载,他还是很感谢那位专家,他无比的信心都源自专家的随口一说。他钻进每一条巷子,挨家挨户地打听有没有房间出租。以他微薄的财力,在旧城区租一间房已经比在城中村租一层楼要奢侈多了,但是他真的不需要太大的地方,他就一个人,他的所有东西除了一箱书,少得都可以塞进一个新秀丽行李箱。一个个头很矮的阿婆从铁栅门里面露出半个头,见他文质彬彬、很有诚意,就答应腾出隔壁的一个小间,反正她一个人也住不了这么多。不过,临到付两按一租时,阿婆提出了一个附加条件:她怕吵,所以无论如何只能是租给他一个人住。一个人,阿婆竖起食指,知唔知啊?野山点头,说知知知,我只有我一个,第二天就扛着一箱书,拖着他的新秀丽搬了进来。这已经是野山一年中第三次搬家,不过他相信他会一直住下去,如果阿婆不赶他的话。

当然啦,野山作为一个外来户,自己界定的新客家,无论是在街道还是那个他自以为结实的文学小圈子，能经常说话的人没有几个。拿文学圈来说，大家虽然更喜欢叫他的本名，倒也没有轻视他的才华，只是不喜欢他开口闭口民国如何如何。在一些不明不白的饭局上，野山一提起民国，桌上的人就都不愿意接他的话，直接举起酒杯喊干干干，这种不彻底的孤立，久而久之便造成了他的某种孤独。野山排遣孤独的方式很简单，就是在大家不喜欢的事情上变本加厉，带着自己拟定的现代文学课题，隔三岔五走进昌兴街的这间书店，这里翻翻那里摸摸，显得既博学又挑剔。次数多了，店员就把他当成了坚定的顾客，偶尔现身的书店负责人也会不时多看他几眼，留意他喜欢哪类书籍。以他们的经营理念来说，不是为着某个明确目的走进书店的读者，才算真正的读书人。虽然从营业额上考虑，负责人和店员一致希望每个走进书店的人离开时都带走几本书，但在内心里，或者是经过多年实践而形成的观念里，他们似乎更喜欢只看不买的读者，而野山就属于这种，并且他离开时能做到不让店员意识到他没有买书,总是一边跟店员说着话,一边就把身子转向了门外,最后打出的再见的手势无疑还意味着下次再来。

艾米和辛迪,这一对形影不离的闺蜜,也是野山在书店认识的。去年六月的某个下午,突然下起的大雨把两个慕名到来的年轻女人困在了店里,她们站在门口,看着屋外,不停地跺脚,显得焦急万分。请问这里有伞借我们一下吗?艾米弯下腰,轻声地问值班店员。当店员回答没有时,正在角落里翻书的野山转过头朝她们搭腔:我有,请你们等一下。艾米和辛迪,心急地眼睛一直看着外面,还没有弄清楚声音是从哪里发出的,就感到一个黑乎乎的东西穿过自己身体形成的通道,嗖一声冲进了雨里。他就住在旁边,店员主动解释道。远吗?艾米和辛迪齐声问。我也不清楚,大概就几分钟吧,店员回答。她的确不知道,因为野山从来没有,或者说一直没有机会主动说起自己住在几巷几号,店员完全是凭野山走路的姿势和节奏,或者还有他来店里的频率做出的估计。

没错,就几分钟,野山从离开到回来只花了几分钟,从这几分钟就能判断出他的住处离书店最多五十米。按跑步来计算,五十米只需要十几秒,然后上楼、开门、找伞、锁门、下楼,这一连串动作所需要的时间比跑完五十米的来回要多,而这些细节,艾米和辛迪也同时想到了。所以,当她们从野山手中接过一把湿漉漉的大黑伞时,那种感激不尽的神情通过嘴巴、眼睛和手势集中而完整地表现了出来,加重了陌生人之间道谢的分量。显然野山也意识到自己做了一件有意义的事,内心荡漾着某种从未有过的喜悦。他应当感激这场大雨,从此他摆脱了无人搭理的生活,有了愿意主动接近自己的人,有了可以放声谈论民国的对象,而且是两个年轻女人。至于艾米和辛迪,通过认识野山,也第一次感到自己真正走近了文学。她们没有称呼野山为"老师",或许是因为叫"老师"太恭敬,叫"野山老师"音节又太长,而叫他"野老师"又显得不礼貌,简称"野老"也怪怪的。野山很高兴她们直接叫他

"野山",不管怎么说,他的这个笔名总算得到了外界的承认。

认识艾米和辛迪后,野山的脸上经常挂满了笑容,买书的次数也多了起来,这证明他不仅不孤独了,而且也充实了。这是肯定的,毕竟艾米和辛迪不仅爱文学,长相也都过得去,身材高挑,至少比野山高出半个头,浑身上下可以用"有气质"来形容。爱上文学就必然带来气质的改变,这也是肯定的。

以后的日子里,这一男两女就很有规律地出现在书店,有时是野山在等艾米和辛迪,有时是艾米和辛迪在等野山,无论他们谁先到,店员都会在门被推开的那一刻送上心领神会的微笑,就好像完全掌握了他们的行动规律,默许书店成为约会的房子。当书店举行活动时,野山就坐在艾米和辛迪的中间,正正经经像是带了两个学生。为了平等地与她们相处,野山从不主动单独跟她们任何一个搭话,但是会迅速地回答任何一个的提问。他知道,如果他主动跟艾米讲话,那么就等于怠慢了辛迪,反过来也一样,所以最好的办法就是等她们主动问自己,谁问得多,只能证明谁问题多,他回答问题时要把握的就是不分彼此、份量一致。

两个月后,也许是在书店待腻了吧,艾米和辛迪提出把见面的地点改到野山的住处。什么?野山装作没有听见。可以满足一下我们吗?如果您不介意的话。嗯……野山犹豫了。可不可以嘛?这个嘛……野山还真有点为难,他想起了自己向阿婆做的承诺,想起了自己一无所有,就说哎呀我那儿太乱了,又没有什么好招待的,不如我请你们去对面太平馆喝咖啡吧。按理说,有客上门不能算打破了"一个人住"的规矩,但次数多了阿婆会不会误会呢?野山的顾虑不能算多余,同样的两个女人,如果每次都被阿婆撞到,或者说话太大声被她听到,她一定会觉得野山违背了承诺,不定哪天就把他赶了出去。阿婆做事果断,就连每天的作息,什么时候开电视,什么时候关电视,都相当有规律,这方面野山自愧不如,也自动自觉地跟着学,比如强迫自己做饭,定时把垃圾拎到楼下,扔进新大新百货后面的垃圾桶里。为了能够一直在昌兴街住下去,同时以此来保证能够一直隔三岔五地见到艾米和辛迪,野山宁愿把阿婆说的"一个人住"当成不可变的天条,在这对闺蜜面前把自己装扮成一个邋里邋遢、不修边幅、生活没有规律的独居男人。还好,文学史上从来不缺这样的人物。

太平馆作为一个历史悠久、有点说头的老字号西餐厅,在艾米和辛迪看来似乎太过时,室内的装修,无论灯光还是桌椅的颜色,都沉着得过于压抑。不过,因为她们受野山的影响,把原先对西方古典文学的兴趣转到了中国现代文学,所以这种过时倒也跟她们想象的当时的气息,比如八十年前的上海,颇为相称,好过那些天河区的咖啡厅和酒吧刻意装成的复古。野山很认同她们的说法,同时又提到研究现代文学也不是寻求复古,而是弘扬一种自由的精神。这种自由,他补充道,是在对自由的寻求当中得到的,也就是先要存在不自由的感受,才能产生追求自由的冲动。当然啦,他继续补充,这个观点不是我提出来的,是借鉴了法国新小说作家格里耶的说法(一直以来他都是把"罗伯-格里耶"说成"格里耶")。当然啦,这也不是他的原话,我也想不起是在哪本书里看到的。格里耶你们知道吧?艾米和辛迪瞪大眼睛一齐摇头,于是野山又借用桌布和咖啡杯,从"物"的角度入手,讲述了一番他从评论中了解到的"客体小说",给他的崇拜者补了一堂法国新小说,于是这个下午艾米和辛迪一下子从民国跳到了当代,从上海飞到了诺曼底。虽然她们的各种小问题很单纯地表达出不知道懂得更多有什么用,但文学无疑已经把她们和历史、和世界紧紧地联系在了一起,野山所欣赏的正是他在成熟的文学圈子里感受不到的这种单纯。

就在某个下午,记不清是哪一次了,借着太平馆壁灯的暖光,野山头一回感觉到单纯与诱惑成了同义词。他坐在艾米和辛迪的对面,用小勺子搅了搅已经冰冷的咖啡,在端起杯子的那一刻,他抬起低垂的眼睛,偷偷瞄了一眼如同合照般一动不动的这一对闺蜜，目光从发际线开始，沿着肩膀到达发梢，最后停在领口开得很低的蕾丝衫的细边上。他或许是第一次正眼注视她们，尽管是短暂的，却也像相机快门一样，一按下就成像了。

回到楼上的小屋，野山显得有些坐立不安，他无法驱赶刚才在太平馆捕捉到的那个色调温暖的瞬间，想象着艾米和辛迪来到了他的小屋，坐在他的对面，时不时撩一撩肩膀上那根快要滑落的细带子。他想上前拥抱她们，却感到双臂被一股无形的力量控制，刚一抬起就停在了空中。此刻他才意识到，他从一开始就不是纯粹地在跟她们讨论文学，那种他以为已经建立起来的亦师亦友的关系，那种被他幻想出来的文坛佳话，只要时机成熟，就会演变成性别上的占有。假如这种占有迟早都会发生，他的苦恼就在于，不知道该全部占有还是选择性地占有。如果是有选择的，那么他选择的依据又是什么呢？

艾米和辛迪虽说是形影不离的闺蜜，但毕

竟不是双胞胎，无论气质和知性程度，接触久了都还是看得出来，更何况野山还是一个作家，专业素质中第一条就是观察，能不清楚自己更倾心于哪一个？这个问题，最有发言权的应该是值班的店员，没事的时候，作为一种消遣，她喜欢用余光观察他们会面时的神情，竖起耳朵收集他们交谈时的声调，她希望从里面发现一个苗头，并根据它推断出最终可能有的结果。女人嘛，无论多大岁数，这方面总是比较敏感的，她们不会简单地用自己的经验来看待别人，而是综合了人类的、历史的和现实的所有经验。在她们眼里，情感关系中所存在的真理和变数，男人光凭逻辑是理解不了的。

　　承诺阿婆只一个人住的野山又何尝不想尽早摆脱单身生活？他已经三十八，很快四十，尽管从来没有谋划过文学之外的生活，但文学也从来不排斥个人生活，甚至大部分情况下要依赖这种生活。艾米，辛迪，艾米，辛迪，野山想起艾米和辛迪越多，越是难以在她们之间做出选择。他设想过一个简单而果断的画面：

某一天,他牵着艾米的手对辛迪说祝福我们吧,而同时出现的对称画面就是他牵着辛迪的手对艾米说祝福我们吧。不不不,野山很快将这个画面从头脑中删除了,这怎么可能呢?艾米和辛迪,对野山来说只有一起出现才是完美的,她们的任何方面都互为补充。甚至她们的容貌,当艾米的眼睛大一点时,辛迪的眼睛就小一点;当辛迪的鼻子高一点时,艾米的鼻子就平一点。野山理想的情人就是大眼睛配高鼻梁,他小时候在银幕上见过的日本女演员栗原小卷,想起来就长这样子。大眼睛、高鼻梁和超短裙的夏子。《生死恋》。当然啦,野山长期单身也不是因为他只重理想不顾现实,他可能比我们以为的要现实得多,他缺的只是机会。如果下雨的那天他只见到艾米或者辛迪,就算另一个后脚赶到,也不会造成今天这样的尴尬。怎么会这样?野山想来想去只想到了"时间",就因为同时见到艾米和辛迪,就因为她们总是同时出现同时离开,他就只能把她们当成一个而不是两个。他可以同时找两个女朋友吗？这个念头在他头脑里闪现过，但同样很快被他删除了。对他现在的处境来说，两个女朋友（此时他又想起了夏子，她刚好也是要同时面对两个追求者），这不是一个很容易发生在其他男人身上的道德问题，而是一个有可能毁掉所爱的人信念和追求的原则问题。不管怎么说，艾米和辛迪，她们过去是，今天仍然是为了文学才喜欢和野山待在一起，他们所谈论的话题，最平庸的，如果有的话，也只是张爱玲的"出名要趁早"。至于当野山不和她们在一起的时候，这一对闺蜜会不会讨论男欢女爱，会不会评价作为男人的野山，问野山，可以肯定地说，他会说是的，但由于他听不到，他便不能猜测，或许他现在该做的就是想办法去验证他听不到的。

于是野山想到了书店值班的店员，她是最可靠的证人。虽然多数时候是野山先来到书店等艾米和辛迪，但也有那么几次，这一对闺蜜比预定的时间早了好多就到了店里。她们一边翻书，一边小声说着话，肩挨着肩，头碰着头。店里除了值班店员，通常没有其他顾客，有的话，也都是默不作声，艾米和辛迪说什么，声音再小，店员都能够听到，听不清的时候也可以根据动作和神情猜个大概。根据这样一个推断，野山就有理由把店员当成唯一的信息来源，指望拐弯抹角地从她那里套出一些有价值的谈话内容，从只言片语中分析出艾米和辛迪对他的不同态度或者评价。当然啦，除去这一点，可能的话，他更愿意听到店员自己的判断，也就是她为了打发时间而进行的直觉训练所得到的结果。一想到这里，急于得到答案的野山就感到自己还是缺少机会，缺少勇气，他从来没有跟店员闲聊过文学和书之外的其他事情，现在这样做，无疑会显得太突兀。

其实店员又何尝不想把她的发现和判断告诉野山，她早就看出他对艾米和辛迪的心思，也猜到他的焦虑和困惑，但她同样缺少某个能引入这个话题的机会。她是多么地希望野山找个合适的借口，比如同样下着雨的某个下午，在她面前回忆一下雨伞的故事，直接对她说出自己的心里话。就算这些话里不含有试探或者请求的意思,她也好干干脆脆地对他说,您知道吗,据我的观察,艾米和辛迪是永远都不会喜欢男人的。

谭明珠

野山在他的小屋里想了很久,实在找不出什么理由,也看不准什么机会,就抱着试试看的打算下了楼,以一种跟平时一样的步伐节奏走进了书店。店员也跟平时一样坐在收银台前,眼睛注视着电脑屏幕,右手抽筋似的移动着鼠标,似乎有什么紧急而严肃的任务有待完成。野山见她这么忙,连招呼都不敢打,装成走过路过顺便看看的样子,躲到了他平时喜欢待的角落里,翻起那本他一直在翻而始终没有翻完的包天笑的《钏影楼回忆录》。

五分钟过去了,十分钟过去了,店里除了野山和店员,没有进来过任何人,就连外面的巷子也显得极其安静。现在还不到两点,大部分人午后重启的行动将设在半个小时后,之前的这段时间,那些大厅和小间里,有人在剔牙,有人在吹水,有人不停地捣鼓着公道杯。野山饿着肚子翻着书,就这样一直待在那个角落里,忍受着过分寂静的煎熬,第一次感到自己看书是在装样子,眼睛看着书上的句子,耳朵却时刻关注着门口甚至屋外的动静,完全没有把书里的内容装进脑子里。他甚至觉得自己有些可笑,明明是什么事情都没有发生,却因为起了某个念头,就要把什么都想象成真的,而且整个人,从精神到身体,都不得不围着它转,这不是广州人常说的藕线又是什么?野山越想越觉得自己可笑,在这个反思自己行为的过程中,他就像照镜子一样,在里面发现自己长着一张陌生的脸。与此同时,这面镜子具有的神奇效果也是他没有想到过的:在这十来二十分钟里,他竟然不怎么会想起艾米和辛迪,他甚至忘了他刚才的一切紧张都是因她们两个而起。

与野山相反，店员虽然一直坐在那里，不停地移动着鼠标，却可以完美地做到一心二用，这是我们根据她耳朵里还塞着小耳塞做出的推断，她一定是一边处理文件一边听着音乐，或者我们也可以理解为，单纯听音乐和单纯处理文件对于现在的年轻人来说几乎不可能，这就像男人喝酒时总要有配菜一样，哪怕就是一碟花生米也行。当然啦，在店员无法分拆的专注行为中，一定也包含了对于野山的心理表达的期待，她之所以显得这么专注，连转头看他一眼的瞬间动作都没有，事实上就是在暗示他，算他运气好，这个寂静氛围就算不是专门为他设计的，也是某种默契合理生成的。她甚至为迎接野山那忍无可忍的爆发，整理了好几条能让他直奔主题的句子：我知道您在想什么，您看不出来吗？其实我们也一直替您担心。当她想要使用"我们"时，忽然感到自己是代表书店在说话，而书店能让她行使代表权的唯一理由，就是野山是位作家，作家是书店依靠的对象。

店门终于被推开了,不过进来的不是读者,是楼上的二房东谭明珠。说她是二房东也不准确,她只是以真正房东亲戚的身份行使代理管理权,其中很重要的一项当然就是催缴房租,所以大家背地里都管她叫"包租婆",当面则礼貌地称她"谭小姐"。

谭明珠进门时可没有像野山那样怀着心事,她直接将手里攥着的半截钥匙递给店员,说她一楼进门的钥匙不知怎么一下子就拧断了,请求书店借给她钥匙去配一把。好的,店员一边回答,一边弯下腰拉开铁皮抽屉翻找。她拨开堆在前面的订书机、卷尺、剪刀和透明胶,又把手伸到最里面掏了好一阵子,野山隔得很远都能听到抽屉里面各种文具相互碰撞的声音。有了,店员直起腰,递给谭明珠一把跟断掉的半截一模一样的钥匙:给,拿去吧,我们多配了一把。谭明珠接过钥匙,连着说了好几声谢谢,带着一丝兴奋转身推开了店门。

对于这个司空见惯的日常生活情景,任何人都可以联想起自己曾有过的相似经历:身份证的自动遗失，手机掉到地上摔坏了屏幕，银行卡塞进 ATM 却三次都按错密码，整串钥匙落在一千公里之外……这些琐细的事情事后看来实在是无足挂齿，但在发生的那一刻，它几乎就成了生命的全部，让当事人焦虑，也让旁观者情不自禁地要为当事人分忧。

　　野山远远地继续待在他的角落里，把耳朵当眼睛，想象着门口发生的这一连串动作是怎样一幅再平常不过的生活画面，同时心里也突然冒出一个似乎想明白了的道理：自己缺少的就是一把钥匙，不是那个用来排难解困的抽象的钥匙，而是一个像真的钥匙这样的可以作为借口的具体物件，随身的或有日用功能的。设想一下，如果当初艾米和辛迪重回书店时忘记带回那把大黑伞，他现在一进门就可以直接向店员打听它的下落，顺便就将主题滑向她们。可是，很快地，他又觉得自己的设想不合逻辑：如果当初艾米和辛迪不是因为要回来还伞，他们怎么可能顺理成章地真正相识呢？

　　在野山时不时转头向着门口的过程中，谭

明珠因为要打发片刻的等待，下意识地也朝他看了几眼。这店里没有其他人，她这么看野山几眼一点问题也没有，店员不会在意，野山更不会在意。要说扎根这里的岁月，谭明珠比野山久，可以说整条街没有她不认识的人，但就是对于野山，一个人们只说是老作①的男人，她的确还不能算了解，因为他除了待在他租的屋子里，其他时间似乎就是在书店，而谭明珠如果不是出于管理上的事务需要，的确是没有什么理由要走进书店。她没什么文化，这自不用说，即使有点文化，能写会算，这书店又好像调子唱得过高，一般人对它总是敬而远之，作为街坊，也就是当一个存在，谭明珠大概一直都是这么想的，只是她的性格和职责使得她不会有意躲着书店，该走进来她就大大方方走进来，办完事她又利利索索走出去。

正当野山重新检讨刚才的设想是不是真的

---

① 按照"生活模仿艺术"的原理，野山虽然不一定看过电视剧《外来媳妇本地郎》，但人们有理由把他当成剧中的"老作"，正如背地里叫谭明珠"包租婆"一样，《七十二家房客》加强了这个词在现实中的使用频率。

存在逻辑漏洞，或者顺着这个逻辑能够将雨伞替换成别的什么物件时，他也同时在搜索着这几个月来发生在书店的自己和这一对闺蜜之间的物的关系（比方说一本架上缺货的赠书，一个由于注意力被文学问题转移之后落下的小礼物）。没有。什么东西都没有。一开始没有，但并不说明后来没有，再想想。野山一边继续搜索，一边走向收银台。他想尽快地搜索出来，又想尽快地结束这番搜索，他的纠结和痛苦就表现在这短短的十几米的慢步中，相当于在考试结束的最后几分钟要赶出一道问答题，虽然他很久没有参加过什么考试了，但他现在能做的比喻就只有这个。当然啦，如果我们事后提醒他，情况比考试更复杂，更紧迫，可以另举电影中拆弹专家最后三秒剪红线还是剪黄线这样的极端例子。这种人命关天的事情好在只是发生在电影中，作为例子用在这里的确有点夸张，但针对野山犹豫不决的性格，我们认为还是十分恰当的。

　　野山嘛，毕竟还懂得急中生智，他担心在

这十来步过程中无法完成他的搜索,可他想收回脚步已经来不及了,那会引起店员不必要的诧异,于是他早早地合上了手中的《钏影楼回忆录》,捧着它,一边继续搜索,一边走向收银台。如果他实在搜索不出什么物件,这本《钏影楼回忆录》就是他对自己一个人待了这么久的一个交代,他要买下它,为的却是结束这漫长的煎熬。

正当野山快要接近收银台,而店员也下意识地欠身准备服务于他时,玻璃门上又出现了谭明珠的剪影。这一次,她的表情不像刚才那么平和,脚步也似乎更急切,推门时她用的是肩膀,还只露出半个身子,就已经张口说话了。不用说,由于收银台前站着两个人,这接听的对象就不止店员,还包括计划被活生生打破的野山。

事情是这样的,谭明珠开始讲故事:专门收捡垃圾桶的工人向她反映,有人将菜渣、汤汁与纸皮、塑料袋、玻璃、电池等混在一起,造成他们极大的工作负担。她从那里经过,工人便向她抱怨，好像她住得离垃圾桶最近，这事就极有可能是她干的似的。当然工人没这个意思，他只是见人就说，但谭明珠越解释不是自己，工人就说得越起劲，从对话的气氛上看，这等于就是她干的了。所以，为了澄清事实，谭明珠只好挨家挨户地问，第一站自然就是书店，要说离垃圾桶近，书店比住在楼上的她近得多。

原来是这么回事，店员拍拍胸口，吁了口气。她说，尽管书店经常清理纸皮和塑料袋，但菜渣和汤汁是从来没有过的，因为书店规定店员不能在店内吃饭。没事，谭明珠似乎又回到了拿到钥匙时的表情，我就是问问，怕万一是你们哪个当班的同事一不小心，把不该搁一块儿的东西搁一块儿了。当然啦，好像这里总是你一个人，那我放心了。

眼看着谭明珠即将转身，继续挨个儿地将刚才的一番话向牙医、餐馆老板和士多店重复一遍，站在一旁的野山终于坚持不住了：他是不是该马上向她承认，自己就是这个环保案件的主角？不到一秒的工夫，野山好像彻底换了个人，一改他的犹豫不决，张大嘴，顿挫有力地喷出一声"等等"，留住了谭明珠即将闪出去的半个身子。

下一幕的情景我们谁也想象不到，谭明珠不仅没有当面指责野山，还跟着他上了他租住的房间，帮他把屋子给清扫了个干净。下楼时，她把啤酒瓶、烟盒和腐烂的水果分别装进了不同颜色的袋子里，又回去拿了一个更大的垃圾袋，把它们集中到一起，拎下楼，去到垃圾桶那里，再把它们一样样分拣出来。当然啦，在她麻利地干着这些脏活的时候，待在屋里的野山也没有闲着，他重新安排了房间的布局，把丢得七零八落的书一一归类，还有那些不知道穿过几回的袜子，那些分不清是洗过还是没有洗过的圆领衫，几条夏天出街穿的短裤，都被他从被子里和床脚下找了出来，通通丢进了洗衣机里。当他做着这些本该经常做的家务的时候，他又想起了艾米和辛迪，如果当时他同意她们上来看他，哪怕只是坐一会儿，也不至于落到今天这个窘况，让一个不可能跟自己有任何关系的女人见笑。

谭明珠处理完那些垃圾，又重新回到楼上的小屋里。看到野山已经在改正自己的生活，她就把刚才想说而没有说的一番话认真地说了一遍，像是家长在教育自己的孩子，其中的很多内容超出了野山所犯错误的范围。当然啦，野山不得不承认，任何事情都不是孤立存在的，如果他没有做好个人清洁，事实上也就不可能让生活变得充满阳光，而如果生活不能充满阳光，文学也就不会茁壮成长。

听着野山循序渐进地检讨自己，谭明珠一边点头，不时说出不错、正是、对的等肯定性用词，一边把她认为不合适的摆放重新弄一遍，洗衣机挪到了更就手的位置，冰箱的门也转了一个角度。还有煮水的壶，她把它从书桌上移到了被野山隔出的厨房里。野山站在一旁看着她做这些事，动作跟在自己家里一般熟练，既受感动，又有一丝隐隐的忧虑。他不知道谭明珠只是出于热情和好动才主动上来帮他，还是对自己有了好感。如果真是有了好感，哪怕只是限定在一定范围，如同姐姐对待弟弟那样，他又怎么能够在还没有搞清楚艾米和辛迪的情况下处理好如此复杂的关系呢？

不可能吧，野山犹豫不决的性格又习惯性地重新回来了。他总是喜欢先做一个假设，然后马上给以否定。不可能的。既然自己的生活在她看来如此一塌糊涂，而且是毫无保留地暴露在她的面前，她就不可能对自己产生好感，要说有什么属于"感"的成分，那顶多是同情和怜悯。而对于这一点的反应，放在一个多少还存有自尊的男人身上，有效期不会太长。过不了多久，他就要重新拾回自信，否则阿婆不赶他，他也会主动搬走。

谭明珠虽然顶着一顶"包租婆"的帽子，但她不是《七十二家房客》中八姑的现实翻版。她心直口快，办事牢实，这一点很受街坊们称赞。她不是本地人，她跟业主的亲戚关系直接反映了时代的一系列变化：广州仔当兵到了北方，然后娶了一个当地姑娘，这姑娘身后无疑就拖着一大帮亲戚,这一大帮亲戚后来又纷纷投靠了南方的姑爷,这姑爷的身后又有着一大帮本地亲戚,这帮本地亲戚的身后又扯出程度不一的海外关系,新加坡的舅父,马来西亚的叔公,还有什么印度洋留尼汪岛上姑妈的继母,这些海外关系复杂得谭明珠至今也梳理不清,她只知道自己跟南下打工的人群性质不同,她今天的存在是由一根牢固的社会关系纽带绑实了的,所以她从不担心自己有一天不得已会回到家乡,所以她的待人接物同样相当牢实,就像从别处移来的树,只要够养分,同样可以根深叶茂。她很快学会了说白话,这无疑拉近了她和街坊四邻的关系,他们喜欢她说白话时带点北方口音,认为这比他们纯正的口音更有味道。基于她办事风风火火、讲究效率,遇到麻烦大家都愿意向她倾诉,听她支招,至于出手相助,那就更不在话下。说得过分一点,她的影响力无论如何还是能够跟电影里的包租婆相提并论的。

关于谭明珠的感情生活,或许是出于礼貌

吧,从来就没有人公开议论过,大家只知道她独身,从未见有哪个神秘男人来找过她,从未见她身边突然会出现一个小孩。这样的情况要是放在三十年前,肯定是无法理解的,但改革开放了呀,人们的生活观念一变再变,宽容啊,理解啊,这些词汇经过反复使用,已经从书刊报纸里跳出来,变成了硬邦邦的事实,如果还有谁用老观念看事物,不用说,肯定会被大家疏远,甚至难以在昌兴街立足。

野山嘛,对于谭明珠的情况,他比所有人知道得更少,谭明珠不主动说起,他也不可能走到楼下四处打听。野山的社会关系没有谭明珠那么牢实,他的作家姿态使得他只愿意接触同样对文学感兴趣的人,而这样的人只存在于书店里,属于昌兴街的流动人口。如果说他至今还在琢磨着如何从书店店员那里得出对艾米和辛迪的判断,这份心思他却不肯分给谭明珠一点点。这在我们看来的确有些过分,但也只能把它当事实来承认。有什么办法呢,一个岁数比他大的女人愿意为他付出,其中的理由都掌握在她自己那里，旁人的过问极有可能造成更大的伤害，就此罢了吧。

其实野山也并非铁石心肠，他没有反对谭明珠经常上他屋里，除了阿婆总是对她笑脸相迎，从来不提只给他一个人住的承诺，还包括他的生活能出现今天这种改观，的确有劳谭明珠的帮助，对于这一点，他内心是充满感激的。不过，就他愿意接受这份帮助来说，他更愿意把相应的感激留在心里，而不是四处张扬，这是他给自己定的前提或条件，他相信谭明珠也能理解和默许，不然她打那天清理完后就不会再上楼了。眼下，野山除了能够一边打字一边听谭明珠东拉西扯，或者离开电脑给她搭把手，就再也没有什么方式能表达他的感激了。感激，他始终把情绪控制在感激的范围，也不去管感激到最后是不是就在谭明珠那里发生质的飞跃。他管不了这么多，他的心思仍然集中在艾米和辛迪身上。

谭明珠也不是傻子。她不断地教育野山要懂得料理好自己的生活，事实上就是给自己不断地接近他找一个理由，也就是前面我们一直在说的"机会"。她的爽直让她每次上楼都没有半点负担，她见到阿婆时也总是问候个不停，就好像她和野山的关系首先得到的是阿婆的肯定与支持，如果她愿意把自己当成她的女儿的话，她可以马上叫她一声妈，她有次就是这么说的，说完不仅阿婆笑了，她自己也笑了。为了尽到女儿的义务，谭明珠有时一上楼就会先进到阿婆的房间里，跟她说上几句话，或者同样帮忙收捡收捡。她还知道阿婆年轻时在工厂养成了吃酥皮包的习惯，每次上楼就会带给她几个，当阿婆也递给她一个时，她就接过来，学着阿婆的样子使劲吃，这让阿婆感到特别开心，也让她在同样开心的同时肯定了自己所做的一切。

也是一个雨天，比几个月前的那场雨更大、更密集，急促的雨点打在防盗网的铁皮顶棚上，发出鞭炮般的震响。对面的握手楼也装有同样的防盗网和铁皮顶棚，雨水打在上面然后又反弹到野山的屋里，溅湿了搁在靠窗位置的一摞打印稿。野山起身离开电脑，奔向窗边。就在他要拉动窗玻璃的那一刻，他接到了两个电话，第一个是谭明珠打来的，告诉他下雨了，叫他马上去看看窗外是不是晾着衣物，如果有的话赶紧收进屋里，同时记得把窗户关紧。雨太大了，从来没见过这么大的雨，谭明珠最后点评了一下这场世纪大雨，就把线挂了。第二个电话与第一个电话相隔只有几秒，就在野山探头去看顶棚下是不是晾着衣物的那一刻，电话那头是他很久以来没有听到过的熟悉的声音，而且是交杂着的两种声音的和声，不用说，这是艾米和辛迪打来的，她们像两只叽叽喳喳的小鸟一样，叫喊着快来送伞啊，好大的雨啊，你在哪里啊，不知道重复了多少遍。野山被这两个伴随着倾盆大雨突如其来的电话弄得有些不知所措，他不记得刚才有没有看清楚防盗网的顶棚下是不是晾着衣物，不记得他有没有先把打印稿挪到安全的地方，所以他也根本腾不出机会来跟艾米和辛迪在电话里对话，他一只手在耳边控制着电话，一只手胡乱地挥动着,整个人在屋子里来回打转。当他稀里糊涂地挂了电话,定定神,检查了顶棚下没有任何衣物,打印稿上的字已经被雨水溅得模糊不清时,他就拿起那把黑雨伞,急匆匆地下了楼。

艾米和辛迪的确就在店里,不过不是在玻璃门旁边站着,而是十分悠闲地坐在角落里的一条长沙发上,身体紧挨着,正低头翻着手里的一本书。当野山推开门,把雨伞小心地搁在门口指定的位置时,艾米和辛迪就一齐抬起了头,同时各自都往沙发的一边靠了靠,把中间的位置留给了野山。

野山没有问她们为什么这段时间不过来找他,他担心她们会反过来说他也没有打电话约她们。他要给她们一个自己的确很忙的印象,这样就多少不用直接碰触到他最近生活所发生的改变,尤其是提防她们再次提出要上他那里坐坐的请求,他担心她们会发现屋子有女人处理过的痕迹。过去用来搪塞她们的理由,明的和暗的都已经不成为理由,而真正的理由,他既不想说，也不能说。

艾米和辛迪就这样把野山夹在她们中间，听他继续聊民国。野山随便找到一个切入点，比如《钏影楼回忆录》中的某个篇章，"自文衙弄至曹家巷"，有一搭没一搭地，只求在这种热身式的对话中让自己真正恢复平静。他在想啊，如果要直接得到他很长一段时间以来想得到的结论，今天或许是个机会。

这雨究竟下了多久，野山也无心去留意，但他那对还算敏感的耳朵突然听到了跟雨声打成一片的几个熟悉的字音：谭明珠！挂号信！谭明珠！挂号信！这是投递员的声音，因为他喊出来的是挂号信。听到这个声音，野山下意识地把自己的脚尖往里收了收，同时把身体往里靠了靠。艾米和辛迪看到他做出这样一番连续的动作，以为只是放松和调节，就也跟着把身体往沙发里面挪了挪，如此一来，野山想在比自己大只的两个女人之间隐藏身体的努力就等于白费了。怎么办？他只希望谭明珠拿了挂号信直接上楼，千万不要转身走进书店。雨还在继续下着,野山的这个估计基本成立。

但是晚了,任何动作和估计都晚了。野山用余光感觉到,谭明珠此刻就站在玻璃门外,手里拿着那封挂号信,直愣愣地望着书店里面,看着他被两个年轻漂亮的女人夹在中间,一直不停地说着话,目光躲躲闪闪,完全不像平时,带着她从未见过的紧张。谭明珠彻底垮了。她的半个身体还留在雨里,衣服被雨淋得透湿,信封上的字迹也渐渐地模糊一片。她没有哭,但从头顶顺着发梢流下来的雨水像溪流一样很快布满全身,使她看上去像个真正的泪人,整个身体仿佛都在抖动。

何曼丽

昌兴街虽然傍着蔡昌蔡兴两兄弟的大名，但在旅行者眼中，它还是像根本不存在一样。无论你怎么通过参照周围的其他地标来指明它的位置，描述它的独特性，外人却总是把对它的想象转移到这些参照物所占有的繁华大街上。当然啦，这也没有什么不好，就因为被忽略了，选择住在这里的人或开在这里的小店，才可以充分享受闹中取静的生活。邻里之间尽管没有熟悉到可以点头打招呼的程度，但对于谁是谁，谁是谁的谁，每个人能说出来的都是相同的，假如出现小小的偏差，这正是叙述所关注的。

在那些关起门才可能有的说长道短中，故事的主角似乎并没有处于议论的中心，这既是受了叙述者无法全知全能的局限，同时也是现代社区生活特征的体现。如果没有什么大事需要把大家聚到一起，用"老死不相往来"形容人们每天的生活，一点也不过分。然而，如果真有什么大事发生，我们就得换一种观点，至少不要认为它是孤立和短暂的。眼下，何曼丽的故事就好像是为了改变我们的观点特意制造出来的，它不仅引起了街坊们的广泛关注，也反映了我们这个时代一直在变化的特点。从这一点来说，何曼丽的故事就已经与何曼丽本人脱钩，成了象征一个时代的某一版本复数形式的抽样。

故事由一封信引起，因此投递员第一个走进了画面。在昌兴街上，投递员不能算作外人，他不光能够准确地把报纸和信件投进写有门牌号码的铁盒子信箱，而且念着那些对应门牌号码的名字，他可以联想到具体的人物形象，包括他们说话的样子，走路的姿势，穿衣服的习惯。多数情况下,除了签收挂号信,投递员并不需要见到这些形象,但我们不能说他没有想起过,否则他就可能被邮局说成不专业、不称职(他有时对自己的超能力谦虚地做这样的解释)。在他的印象中,喜欢订报纸的是大部分人,喜欢订杂志的是小部分人,而信件、包裹和汇款单则主要集中在外来人口。掌握了这样一个基本规律,投递员的工作便有了节奏,速度也快了很多。当然啦,这也可能造成他工作的乏味,就像开电车比开公共汽车乏味,开公共汽车又比开出租车乏味一样。

整个故事虽然没有给投递员留出一个哪怕是配角的戏份,但他的确在很多时候作用重大。他不是信息本身,但他传播信息,无论信息是正面的还是负面的,是令人高兴的还是平添悲伤的,人们都不会怪罪于他。投递工作的安全性在投递员看来已经不是他的兴致所在,他更喜欢通过它来改变自己,也就是在全心全意为群众服务的宗旨下,努力将一项乏味的工作做得有声有色。所以,很多时候,他完成一个投递后,并不急于马上进入下一个投递,而是兴致勃勃地就近参与跟投递毫无关系的街区生活,比如停好单车看一会儿路边的人下棋,无论谁赢谁输他都一言不发,甘心扮演一个好奇心十足的旁观者。

  那个史上最大雨的下午,投递员冒着雨刚刚让谭明珠签收了挂号信,就没有可能再往前了,他的衣服和鞋子全都湿透了。他把单车推到屋檐下,自己躲进了书店里,一边用衣袖抹着头发上的雨水,一边跟店员就事论事,说这雨怎么下得这么猛。当他潮乎乎的眼睛望向屋外时,他看见谭明珠一半的身体留在雨中,拿着他刚刚交给她的挂号信,隔着玻璃,直直地望着书店里面。从他这个角度看过去,落地窗玻璃上反射出书店里的灯光,形成很多白色的圆点,使他无法判断谭明珠的表情,但他估计一定是发生了什么,不然她不会一直这么站着。除非情景进一步恶化,他没有理由走出去干预,甚至从他职业的公平性来说,他也未被授予干预他人生活的权力。

但是这一次显然不同了,投递员刚刚给何曼丽的信箱里塞了一封信,就看到她倒在了地上。那么,这跟那封信有关吗?两年来,他不止一次往何曼丽的信箱里投进了相同地址寄来的国际航空信,他认得那上面的字迹,甚至记住了邮票的样子。今天的这封信,信封与之前的那些几乎一模一样,但是何曼丽打开信之后的反应完全不同,她晕倒了,很突然地,同时也是缓缓地,在没有任何防备的情况下,倒在了离信箱不足一米的地上。

事实上,投递员的描述并不十分准确。何曼丽倒地的那一瞬间,投递员并不在现场,他正从书店里面出来,他的目光并没有抓住她那突然而缓缓的动作。只有走到拐角处时,他才能够看到已经倒在地上的何曼丽,她的旁边除了提桶和衣叉,还有野山。是野山用他的双手托住了即将倒地的何曼丽,随后把她扶到了旁边的一张椅子上。

将近中午的时候,何曼丽挺着大肚子,举着一根衣叉,拎着一个塑料提桶,从她租住的楼上慢慢地走下来。她的肚子出奇地大,看样子就快生了,那件孕妇衫已经被撑得像个塞满了东西的大袋子,稍不留神,里面的东西就会掉下来。在她的身后,离她十来米远的地方,能看到野山正踱着步,手里拿着一叠打印稿,低头看一会儿稿子,又抬头望望前面,神情若有所思,好像在斟酌稿子上的句子,又好像从背后监视着何曼丽的一举一动。当何曼丽正要倒下时,野山一个箭步冲上去,扶住了她。这时候,地上除了提桶和衣叉,还散落着野山的打印稿和那封信,信封和信纸是分开的,信封面朝上,信纸只能看到背面。当野山扶着何曼丽在旁边的一张椅子上坐定后,他顾不上收拾自己的文稿,弯腰先捡起了信封,接着是一米之外的信纸,把它们揣进了裤兜里。

以上描述的画面出自录像《小街风情》。在这个由五台机器同时拍摄的情节剧中,作为核心的"何曼丽倒地",动作反而不够突出,这是受到了街道实景透视的影响。由于何曼丽是正面朝着摄影机走过来，按照近大远小的透视原理，她的身体从一开始到后来倒地一直都显得很小，以至于观众根本看不到她走下楼梯、晾晒衣服、放下提桶、打开信箱、撕开信封等一系列动作，她读着读着就突然倒地的动作也是通过旁人的反应才引起了观众的注意。这个事后的遗憾再一次体现出蒙太奇的重要性：尽管五台机器同时拍摄是为了获得散点透视的效果，但散点透视的结果如果不能使画面产生冲击力，反而回到连续观看的所谓真实，这便形成了一种新的惰性。正如拍摄的当天导演预先告知五个摄影师按下快门后就什么都不用管一样，这种惰性或许假借了创新的名义，但它所存在的那个观念的真空则属于先天性的疏忽，造成了画面与表演的脱节，严格来说，就是艺术创作中主题、观念、形式、材料和过程等各个方面的脱节。

我记得，为了让扮演何曼丽的演员表演时进入角色，我在那张她打开来读的信纸上写下了完整的内容，设想信是她未婚夫从美国寄来的，大致的意思是告诉她，由于美国优越的研究条件以及导师的挽留，他毕业后就不打算回国了，并承诺会给即将出生的孩子提供抚养费，甚至长大后也安排去美国留学。在制造这封信的时候，我搞不清楚哪些想法是何曼丽未婚夫的，哪些是我自己的。又或者，我就是何曼丽的丈夫，我和他唯一的区别只是所从事的专业和所待的地方不同，而作为男人，我相信我和他不是绝对相反的，不然我怎么可以在那么短的时间内替他起草那封信？当然啦，这封信也可以做成另外的版本，相对温和、留有余地或更加绝情、一了百了。无论如何，写在纸上的内容无一不是"思想的结果"，即通过权衡、对比、修正、掩饰以及润色等各种手法试图达到的那种准确性和目的性，无时无刻不在设想将会在收信人那里产生怎样的预期作用，也无时无刻不体现出寄信人想得到怎样的自我保护。这就是思想的全部，写作的全部，只要它不被人从智力上给以嘲笑，那么，无论哪样的指责，无论这种指责将会产生怎样的结果，当事人都能接受。

这里说的"当事人",除了写信人,当然也包括收信人,她是写信人设定的唯一读者。何曼丽是一个怎样的人,关于她的职业、专长和个性,我们一无所知,我们只知道她是个孕妇。当然啦,我们可以根据她未婚夫的身份对她进行一定的猜测,但我们谁都没有见过他,还得靠何曼丽自己带着哭泣的声音慢慢道来,或者找到那封信,看看来信的地址就能知道个大概。在围观这个事件的人群中,只有投递员记得那些来信的地址,虽然上面写的是英文,但凭他过目不忘的本领,他至少记住了国家、城市和学校的英文拼写:

5841 S Maryland Avenue Chicago, Departement of Neurology, The University of Chicago, IL60637, U. S. A.

投递员在心里默念着这些作为他的记忆训练的字母和数字,但他不想马上公布出来,以免大家说他窥探别人的隐私。他想起这封信被野山揣进了口袋里,但同样不打算提议他拿出来，他保护野山，其实也是保护自己，不让大家把他看成一个多事的人。

作为留美博士的未婚妻，何曼丽至少有大学本科学历，可能在哪里上一个不用出汗、不用穿工作服的班，生活水平中等偏低，租得起房子，还没打算买房子（因为未婚夫不在身边？），住城中村嫌吵，住新城区嫌贵，住昌兴街刚刚好。我们认识的人当中应该有不少和她情况相似的女人，但是这封信不是针对这类情况来写的，因为信中没有一丝半点对何曼丽的嫌弃。可以说，这封信想表达的就是事物变化的常态，爱情只是填进这个常态中的一个子项。写信人将自己摆放在非此即彼的处境，以事业的名义使这个常态像真理一样放之四海而皆准：一个人放大自己的所谓前途，必然很在意是什么在影响前途，给它带来帮助或造成拖累，这里面有环境和人的因素，而究竟是环境左右人还是人屈从于环境，说到底这没什么区别。有本很正经的书上曾经写道，因为艺术创作需要全身心投入,所以艺术家不适宜结婚。①何曼丽的未婚夫大概就是根据这样一个事业成功的逻辑(当然他不一定读过这本书,他不是艺术家),决定把她和将要出生的孩子留在国内,自己在美国独立发展。至于他是不是在那边另有新欢,根据他信中委婉的措辞,也不排除有这种可能。

《伤心的人》歌词中那句"你爱的那个人未必真的不爱你"表达的意思除了上面提到的成功逻辑,也可能还有爱的不可分配所带来的苦恼。因为这一点,这封要达到分手目的的信就写得特别处心积虑,写信人甚至不想排除自

---

① 这本书叫作《西洋名画家绘画技法》,作者为"[美]库克"(没有原名拼写),译者为杜定宇,1982年由人民美术出版社出版。在它的第七章"杰出的大师论绘画"中,有一节题为"婚姻与艺术家":"十七世纪和十八世纪的理论家们,争论过一个艺术家是否应该结婚的问题。他们惯常用的例子是,如果一棵橡树被缠住的藤蔓所拖累,它就永远不会长到充分的高度。他们争论说,绘画的职业是一个非常耗费精力的工作,一个艺术家不应该分散他对事业的忠诚。"(见该书第63页)

己有可能见异思迁的嫌疑。这是一种极其外交的做法，用在感情生活中只能表明，爱情虽然是可以讨论的，但讨论的过程已经使爱情失去了任何意义。

何曼丽的"倒地"跟她的现实状态存在因果关系，研究情感心理的专家一定会这么说。如果她是一个性格暴躁的女强人，读完信的反应可能就是把它撕得粉碎，让纸片在空中乱飞，最后落到地上供人们踩踏。这样的女强人在这条街上根本找不到，就连看起来很有力量感的谭明珠都在遭遇到感情挫败时几乎支持不住，要通过时间才能恢复平静，更别说未来要一个人带着孩子面对各种困境的何曼丽。《伤心的人》歌词的最后几句是鼓励何曼丽坚强生活下去，但更深的意思是想告诉这个受伤的人，不要再相信爱情。唱歌的茂涛在录像中扮演了一个同样受到过女人多次伤害的男人（"我收到的信比你多得多，封封都像针刺我的心"），他在对爱情的不懈追求中败下阵来，由此深悟到一个人只有经历过伤心和痛苦才能活得更坚强,这可能是歌曲多少有些令人感动的原因。

　　事情过去几天后,投递员又像往常一样走在小街里,但他没有再听到人们议论何曼丽和那封信,也没有再见到何曼丽。她应该就这样接受了这个伤心的事实,投递员想。不对,她不能就此罢了,投递员有些替她打抱不平,他想代替她写一封信去骂那个负心人,他记得清楚他的地址,可他不知道他的名字。一封没有收信人名字的信在投递中将被当作死信给退回来,退回到他这个跟事情毫无关系的外人手中。出于自我保护的考虑,他可能也同样不会在信封上写上自己的名字,于是这封信就只好一直在空中飘荡,最后也不知道去了哪里。想到这里,投递员觉得自己的行为的确有些可笑,于是他下决心忘掉那些字母和数字,甚至想过从此不再干投递员。

　　自得到街坊们的关心后,何曼丽的情绪日渐好起来,她没有露面是因为她住进了产房。

谭明珠,这个有过一次流产经历却没有生过孩子的好心人隔三岔五陪护在她身边,还在家里煮好各种吃的东西给她带去。两个女人在一个公公婆婆和丈夫们川流不息的房间里说着话,只字不提那个写信的男人,就好像这个即将诞生的小生命是某个转世投胎的童话故事人物。

有一天,谭明珠去缴费室给何曼丽续费,在楼梯口远远看见野山正走进医院,右手拎着一个装满东西的塑料袋,左手举着一束花,东张西望,脚步游移不定。谭明珠迅速躲到了柱子的后面,避免在这里撞见他。与此同时,她在头脑中快速地编织起野山的社会关系网,为的却是更快地将它拆除。他来探望谁呢?艾米和辛迪中的任何一个?不,她们好久都没有出现在昌兴街了。他的亲戚?不,他在广州没有亲戚。他的文学界同仁?她不好说不,但她没办法肯定。那么还有谁?何曼丽?谭明珠使劲不往何曼丽这头想,但是她找不到任何反对这样想的理由。对,只有何曼丽。她想起来是野山第一个扶起了快要晕倒的何曼丽,也是他最后把她送回了屋里（至少录像中是这么交代的）。她还注意到，几乎就是跟投递员同时注意到，在把何曼丽扶到椅子上后，野山第一时间不是去地上收拾自己的打印稿，而是把那封信揣进了自己兜里。他为什么这么做？事后又发生了什么？谭明珠不敢再往下想了，她躲在柱子后面一动不动，她仿佛又重新站在了雨中，尽管此时的天空阳光明媚。

肥　佬

谭明珠去医院探望何曼丽的这段时间里,肥佬一直坐在她每天上下楼必经的门槛上,手里抓着啤酒瓶,呆呆地望着新大新百货背面的那堵死墙。从远处看,除了偶尔举起几下酒瓶子,肥佬的身体几乎就没有转动过,脑袋也没有像平时那样忽左忽右,也就是说,无论什么人从他跟前经过,都没有像平时那样引起他的注意。同样的,那些点缀在街面上的路人就算走得比平时慢,也没有侧过脸看他一眼,几乎都是低着头从他跟前划过。只有一个小女孩,突然停下她一颠一颠的脚步,指着肥佬从脖子上一直拖到地下的两条彩带,对她的妈妈说快看你快看呀。小女孩记性真好，这两条所谓的彩带，作为道具几天前就搭在肥佬的身上，重重叠叠的米字格图案使它看上去跟一般只有横条的围巾很不一样，但它原本就是一条围巾。这样特别的款式如果很难在新大新一类的百货公司见到，倒是会大量出现在靠近海珠广场的泰康路批发市场，它们被分销到了某些遥远的北方国家，甚至也可能去了非洲。

录像拍摄的当天，书店门前的道路上拉起了两条警示带，所有路人都被拦在了表演现场的外面，只有肥佬是在里面，在一堆忙上忙下的人中间，似乎还挺受重视，正伸长脖子等待导演搭过来一条围巾。当导演双手捧着围巾，在众人的注视下不快不慢地走向肥佬时，气氛就显得特别隆重。导演完成了他的仪式之后，歪着头，眯着眼，退后两步，对着肥佬左看右看，摇摇头，再次走近他，从他脖子上摘下围巾，转身交到场记手中，说了句去找把剪刀过来。嗯？场记瞪大眼睛看了看导演，伸出两根指头比画了一个剪的动作，好像是替他感到可惜。导演扬扬手，对对对，从中间剪开，剪成两条。

在我的印象中，最初的录像拍摄计划没有肥佬这个角色，所有的人物形象都取自一幅画，服装也是依照画中给出的样式，分别对应人物的不同职业和外形，画中有包租婆、作家、音乐人、店员和私家侦探，就是没有流浪汉，这类人虽然的确存在于现实中，但就是无法归纳为一种职业，勉强放进乞讨者行列也有些不合适。据摄影师说，肥佬是在所有人都没有注意的情况下闯入镜头的，就在谭明珠开始给书店门口的植物浇水的那一刻，他先看到了，然后告诉了导演，问他要不要把这个人赶走。导演从监视器里观察这个穿得邋里邋遢的男人，起先没什么好感，甚至特别看不惯他把短衫套在长衫外面，但发现他一直跟在谭明珠身后，她走到哪他就跟到哪，像是情不自禁，又像是为了引起她的注意，就有了一个化腐朽为神奇的想法。等一等，导演把摄影师拉到监视器前,指给他看肥佬的动作,说干脆让这个家伙就这样围着包租婆转,像鼠标一样去带动观众的目光,削弱主体,加强平面感。好!摄影师觉得好,但又提醒导演肥佬对剧情一无所知。不需要知道,导演说,不管他怎么做,谭明珠都会自动有反应,故意不理他或者训斥他,这样一来,原先根据绘画设计的那些人物关系就会有所改变,主要是层次会更丰富。对对对,无深度的层次感,摄影师附和道。

录像拍摄结束后,导演看到肥佬一直用手摆弄着那两条已经不能叫作围巾的带子,就把它当成纪念品送给了他,还叮嘱他一定要保管好,不要不见了一条。从那以后,肥佬的脖子上就一直吊着这两条彩带,有时是分开来(就像在录像中那样),有时又拧在一起,在脖子上绕几个圈变回一条围巾。从二月底的气候来看,早晚当围巾,白天当装饰,没有比这更两便的了。

何曼丽倒地的那一刻,肥佬也在场,事情

的过程，他可能比投递员或谭明珠知道得更多，因为他一直就在书店门口晃悠，不会听不到，不会看不见。他或许也想上前搭把手，但他手里抓着酒瓶子，同时他也无法突然间改变他那晃悠的步伐和节奏，那是他性格的一部分。当所有人都做出相应的快速反应时，肥佬没有置身事外，而是凭着他的晃悠成了唯一的旁观者。他围着人群转了个三百六十度的圈，他看见野山冲上去时的速度比何曼丽倒下去时的速度要快好几倍。还有：野山是用左手而不是右手把那封信捡起来揣进了裤兜里。尽管那封信躺在地上时如同一张白纸，但他知道那是一封信，也知道信在人们的生活中意味着什么。当所有人都在议论何曼丽被抛弃了时，他的表情显得比任何人都要愤怒，就好像是他自己被抛弃了一样。

他的确是被抛弃了，不然就不会成为流浪汉。至于他是被家庭还是社会抛弃，说到底这是一回事。家庭本来就是社会的一份子，被家庭抛弃就等于被社会抛弃，而被社会抛弃——

失去工作的权利、交际的权利——之后,家庭也就无法再接纳他了,或者是自己不愿意给家庭增添负担,主动离开了,不管怎样,最终就还是被家庭抛弃。

当然啦,这个逻辑放在现实中还是不太成立,不太牢实。社会有一定的保障制度,家庭也还是一条血脉的纽带,不可能让一个人真的四海为家、居无定所。此外,我们也不能忘了,肥佬可能是一个孤儿,他没有家庭可以依靠,而社会在他看来可能就是一片大海,他是海中的一条自由自在的鱼,只因气力不够才游得不远。

谭明珠从医院出来的时候,心情肯定是不好的。她替何曼丽续完费,回到病房,就看到床边的小柜子上搁着一大袋东西,瞟一眼就知道是苹果、橙子和罐头之类,而野山就挨着这些东西坐在一张塑料凳上。这塑料凳不属于医院的固定资产,是谭明珠两天前专门带过来的,她自己还从来没有坐过,没想到先给野山坐上了。哟,你来了,谭明珠故作大方地跟野山打招呼。噢,你也在,野山回她,之后他们就都把目光转向了何曼丽。

何曼丽当然不知道谭明珠之前跟野山有过的那些来往,她和他们中任何一个都不住在同一条巷子,她也从不跟人打听外面的事,所以现在的情况是你知我知她不知,这一点谭明珠和野山估计到了,所以两个人在适应了片刻对方脸上微弱的表情变化以后,很快转为淡定自如,就好像他们是相互约好了一同来看望何曼丽,但同时又不希望何曼丽真的把他们之间的约定当成某种关系的暗示。要达到这样的效果,完全取决于他们与何曼丽的对话,从技巧上说,绝不能一个说什么另一个跟着附和,抬杠就更不行。他们只能在保证所说既不偏离生孩子这件事,又不显得很懂这件事的前提下,稍微再谈一谈营养学、天气和医院的设施、服务等等。当野山以"我有一个朋友"来证明他的营养学观点是有出处的时候,谭明珠就欠起身子,让何曼丽注意最好这样而不是那样躺着,接着就问她现在要不要吃点什么。她所说的吃,也让野山明显感觉到指的并不是他带来的水果和罐头,而是某些只有谭明珠亲自动手才做得出来的热乎乎的东西。

何曼丽呢,虽然每天这样躺着的确很无聊,需要有人来看看她,跟她说说话,但她也感到自己越来越难以在谭明珠和野山不停的话语中插上嘴,以表明她对他们的感激。渐渐地,她的表情显得有些倦怠了,眼神开始恍惚,既没有看野山,也不望谭明珠,顺着她的目光,只能找到墙上灯光聚集起来的一个亮点。野山毕竟是作家,不缺这点观察力,于是就对谭明珠说,要不我下去给她打点什么吃的上来吧。谭明珠无法掩饰她对野山生活能力的不信任,就站起身说,你不知道她的口味,还是我去做吧,说完就跟何曼丽打了一个再见的手势,甚至这手势还包括不必客气的意思,转身离开了病房。野山见谭明珠没有跟自己道别,心里也就明白,她的离开虽然意味着自己可以留下来陪何曼丽,但她并不是情愿的。

谭明珠还没有回到,但是街道办的人先她

一步出现在昌兴街,领头的是女主任,一身藏青色西装,胸前挂着一块工作吊牌,身后跟着五六个年轻人,着装也和她一样,只是胸前的吊牌甩动得更勤快一些。这一行人从巷子的北口进来,踏着电视剧片尾慢镜头常见的步伐,用事先准备好的和一路上商议好的标准,对小街的环境挨家挨户地提出整改意见。主任再三强调,重点是沿街的商铺,这些个要清理干净,那些个要收进屋里。有些店主配合起来动作很快,有些就表示说要等到明天,明天一定。明天不行!主任装作很生气的样子说,不能等到明天,明天有重要活动,必须今天落实。主任简短的命令中全是时间上的关键词,但关键中的关键她没有提,人们很好奇明天究竟有什么重要活动,是针对昌兴街的还是针对整片管辖区的,这可能是机密,也可能就是某个重大改变的开始。人们多少都听闻过,文化街区二期建设的各种理念已经相继出台,尽管还只是写在纸上,但总有一天会要兑现,快慢只是个时间问题。当然啦,时间就是金钱,有可能问题就是经费还没有划拨到位，或者经手的领导屁股还没有坐热就被调走，继任者还需要把整个计划重新过一遍，也不排除还会重新召开一次听证会。

跟在主任身后的干将们雷厉风行地执行着昨天会议上的紧急决定，用口头形式向群众做最密集的宣布，不管得到的答复是肯定的配合还是模棱两可的应付，都只能寄希望于主任在这件事情上的绝对权力，而主任也始终记得自己在会议上向主管此事的领导拍过胸口。当他们走到垃圾桶位置时，主任捂住鼻子的同时也让一些声音从鼻子里发出来：这个地方想办法给装饰一下吧，用什么材料你们定，关键是要美观，同时还要体现我们的环保意识。队伍中有人在笔记本上快速地记下了主任的要求，也有人环顾四周想看看如何具体落实主任提到的美观与环保的结合。单纯从美的角度来说，大家自然会被眼前书店的门面吸引，甚至觉得垃圾桶的存在对它是一种形象上的损害。大家的目光随着主任头部的转动从左至右对书店的招牌进行了一番扫描,先是中文,接着是不好说是不是英文的什么文,最后落到了卷闸门旁边一个又窄又深的门洞里,那里躺着的一个占领者把主任吓了一跳:哇!哩个边个?①

此时的肥佬根本没有觉察到自己已经被一支突击队包围。他睡着了,手里虽然还抓着空酒瓶,但身体已经靠在门框上,耷拉着头,下巴埋在绕了几圈的彩带里,隔很远都能听到他鼻子里发出的呼噜声,均匀而缓慢,谁听到了都会被感染。我们可以设想一下从肥佬躺着的位置向上望的画面效果:一道由清一色藏青色围成的屏障,仰视角度产生的透视变化,越往下越显得粗大的十多条腿(当然啦,一半以上的腿将按照变化原则出现遮挡与交叠)。主任此时就依靠她两条腿的稳定性,将结实的胸部灵活自如地转向了身后的同事,无疑是暗示他们要想想办法尽快解决肥佬就地躺着的这种情况。怎么办?这可不是摆在街边的桌椅,就算现在搬开了,也可能转头还会自动回来。大家

---

① 粤语,意为"这什么人?"。

你看我我看你，最后就一齐把目光投向了穿着一身制服的高个子男人，后者虽然胸前没有挂吊牌，但左臂上套着红袖章，作为街道办的安保员一直跟在队伍的后面，行动开展以来好像还没有发挥过什么作用，于是接受了这道无声的命令，从屏障的后面出列，走到肥佬跟前，弯下腰，贴近他的耳朵，连喊了好几声喂。见他好久没有反应，又利用手中的怡宝，抓住瓶口，用瓶子的底部去戳他的手臂，喂，醒醒，醒醒，主任问你话呢。

　　从医院回昌兴街的这段路平时只需要走一刻钟，今天却让谭明珠感到无限长。她心里的不舒服就像吃错了东西一样，突然来到而且不知道会持续多久。她果断地在心里告诉自己，野山已经再也不是她的希望了，因为他只要表现出对何曼丽将要出生的孩子有一点点接受，还不要说宠爱，那他就必然会跟何曼丽在一起，除非他的生活方式让何曼丽无法忍受。但你想啊，虽然谭明珠对野山很主动、很用心，但过了头只会让对方丧失攻击性，让他的占有欲下降，最终就是不战而退，甚至还不能说出原因。野山与何曼丽，在此之前虽然毫无交集，但跟谭明珠相比，他们都上过大学，没有共同爱好也有相似基础，往后即使有矛盾，也不会出现在家庭和社会关系方面，不会出现在生活习惯和谈吐举止方面。

现在，昌兴街一下子热闹起来了，走过路过的无论是不是街坊，都站到了主任这队人的后面，形成了一道愈发密集的屏障。其中有位比较明事理的瘦子，也就是刚刚一收到通知就积极配合的店主，像是受了主任的重托，一边唔该借借①，一边拨开人群，从后面穿到前面，弯下腰，用一种发自内心的只有表率才有的语调，对肥佬说明天街道有重要的接待活动，你无论如何都不要出现在这里，尤其不要坐在门槛上，过了明天再说。肥佬睁开他那迷迷糊糊的眼睛，用手揉了揉，又抓住自己的耳垂摇了摇，跟着脑袋也摇了摇，似乎是表示自己听力不好，不明白瘦子在说什么。这倒是真的，瘦

---

① 粤语，意为"麻烦让一让"。

子直起身向主任反映，肥佬的听力确实有问题，他说他的耳朵是2001年五月18日被旧体育馆爆破时产生的噪音震聋的，不过我们觉得他是在讲大话，如果真的是外部原因导致的，也应该是在更早的时候，比如小时候玩鞭炮，因为谁都知道那场爆破只发出了六十分贝的声音，就跟在屋子里大声说话一样，算不上噪音。主任掌握了这个情况后，脸上露出一丝同情的表情，她先谢了瘦子，很快又把头转向了身后的随从，那意思再明确不过，就是要他们以肥佬的耳朵不好使为前提，尽快做出一个解决方案，而且应该把这个前提作为一个重要的不可控因素来考虑。两名看上去像是骨干的街道工作人员再一次像之前那样你看我我看你，然后又再一次把目光投向了戴袖章的高个子男人，后者使劲地捏了几下手中的怡宝，让空瓶子发出的嘎吱声代替了行动开始的信号。主任听到这熟悉的声音，下意识地往后退了退，同时转头向着高个子男人，表示认可他接下来的一连串动作：果断地将空瓶子塞进裤兜，搓搓手，提提腰带，然后两只手同时伸向肥佬。他只有这个办法。他相信凭自己的力量很容易把肥佬架走，但究竟架往哪里，不光是他，就连主任也一点底都没有。我们注意到，从走进昌兴街以来，这一队人马只是用嘴说，还没有动过手，所以大家的表情都在告诉自己这是没办法的办法，而根本的办法大家一时还想不到，只知道任何办法都应该达到同一个目的：让肥佬明天不再回来。退后一步说，不再像今天这样坐在门槛上。

就在大家的目光跟着高个子男人的两只手渐渐往前伸时，谭明珠回到了，她收回了几乎要崩溃的心情写在脸上的不愉快表情，拨开人群，向主任表明了自己的业主身份（省去"代理"，简单点就是这样，不然呢?），主任也再一次以时间为关键词传达了上级的通知，语调却比之前任何一次都要温和。在得知主任担心的不是现在而是明天之后，谭明珠说这事就交给我好了，我来跟他说。于是高个子男人停止了他的动作，直起身，拍拍手，和其他工作人员一道跟着主任转头去做别处的检查了。

谭明珠一改过去要不训斥要不直接用脚踢的粗暴方法,弯下腰,贴近肥佬的耳朵,大声地把主任跟自己交代的一番话跟他说了一遍,语气既像商量又像命令。肥佬眨巴了几下眼睛,似乎是听懂了,但还是不肯张嘴,身体也还是没有表示服从的反应,继续踏踏实实地搁在门槛上。谭明珠抬起头,朝那些仍然不舍得离开的街坊挥挥手,意思是肥佬有些话只能对自己说,他在转变态度这一点上跟常人没什么两样,需要时间和耐心。大家自然是相信谭明珠有这样那样的办法和能力,纷纷知趣地散开了去,只有书店店员,好像这情况发生在书店旁边就一定跟书店有关,也没有问谭明珠我留下可不可以,就和她一起弯下腰去做肥佬的工作。两个女人第一次离肥佬那么近,效果自然就不一样,还没花上三两分钟,肥佬就张口说话了,尽管他说得吞吞吐吐语无伦次,店员还是发挥自己处理文档的经验,很快将他的大意归纳成了三点:一,在昌兴街待习惯了;二,没有别的地方可去；三，别的地方的人可能不像这里的人愿意接受他。谭明珠心想也是的，要一个人改变习惯是不容易，于是她跟店员商量，看看到时候能不能让肥佬进去书店里面的卫生间躲一躲，躲过了主任说的那个时刻就好了。这是一个办法，店员表示书店有责任配合，卫生间虽然不大，但足够容下肥佬。问题是，店员犹豫了一下，不知道那个重要的活动是在明天什么时候，总不能一直让他躲在卫生间吧。

对哦！谭明珠也想起来了，主任刚刚反复使用的关键词只有"明天"，没有强调明天具体的时间。还是你心细，谭明珠夸奖店员思考问题有自己的角度，同时肯定了她提出的顾虑，的确不能让肥佬一直待在卫生间，这很不实际。两个女人站起身，从高处俯视着脚下重新缩成一团的肥佬，不得不承认第一个回合还是输给了他。必须马上想出另外的办法！这个念头看起来已经不是为了给主任一个交代，更像是那句开弓没有什么，开弓没有回头箭！对对对，开弓没有回头箭！当肥佬的鼻孔里重新发出呼噜声时，谭明珠的新办法也渐渐成形，而且完全是受了俯视他时才留意到的那两条彩带的启发。她对店员说，肥佬只要不穿成这样，人变得正常和干净一些，不坐在门槛上，就不会有什么不妥。对，从来没有穿戴正常的人会坐在门槛上！店员觉得谭明珠的分析很有道理，夸奖她到底是经验比自己丰富。两个女人转身回到店里，商量起让肥佬去旧迎新的种种办法。首先，谭明珠说，必须让他有事可干，光是换身衣服不起作用，动作不改不行，不然他还是会坐在门槛上，还是像个流浪汉。对对对，店员附和道，得让他干点什么事，最好是这事情还可以干很久，不然他干完了又会重新坐回去，总不能学那些市政局防止人露宿桥底的做法，在门槛上也摆上尖状物吧？当然不行，谭明珠笑着说，我还要从这经过呢，总不能在自己脚下埋地雷呀。这样吧，谭明珠似乎很快又有了主意。怎样？店员开始显得有些兴奋了，她还是头一回在书店碰到要解决具体的社会问题。谭明珠朝四下里望了望,最后将目光落在了落地玻璃上,说如果能够让肥佬明天扮演一天书店的工人(尽管书店除了店员没有工人),在门口负责清洁玻璃和浇花,只要不让他闲着就应该没事。店员觉得这是个好办法,而且玻璃也确实有很长时间没有清洁了。至于浇花,如果外面的花草数量够不上让肥佬多耗些时间,谭明珠表示可以从楼上搬些下来,这件事情本身也可以一块交给肥佬来做。对,一个工人,如果不属于大企业,应该是什么都应该做,什么都能做。

两个女人最后又仔细评估了一下这个方法实现起来的难易程度,一致认为可操作度在百分之百,可控度在百分之八十以上,只要肥佬积极配合,不故意搞砸就行。她们出去将这个主意跟肥佬一说,没想到他真像换了个人似的,不仅张口了,还立刻表示同意,甚至还多问了一句是不是现在就开始。也许他觉得这是录像之后演艺生涯的继续吧,这一层意思谭明珠和店员一开始都没有想到,想到之后她们又将可控度调到了百分之九十，剩下的百分之十就是天气了，老天保佑明天不要下雨。谭明珠和店员同时想到了下雨天清洁玻璃就像明知会下雨还洗车一样，会被人当成傻子，而她们的所有努力只有一个目的：不让人把肥佬当傻子。当然啦，两个女人担心完之后又同时想到了下雨的好处：如果明天下雨，主任所说的重要活动也许就自动取消了。

几乎不用她们再说什么，肥佬就自动自觉地将身体从门槛上提了起来，还走到对面的垃圾桶那里，将手中一直抓着的空酒瓶子扔了进去，扔完了还往身上揩了揩手。看着他做完这一连串动作，谭明珠既感到高兴又觉得有些怪异，她根本没有想到肥佬转眼间能发生这么大的变化，她甚至怀疑他一直是将自己装扮成流浪汉，就像《红岩》里的华子良将自己装扮成疯子一样。华子良那么做是为了给狱中的难友们通风报信，肥佬的目的是什么？当然啦，谭明珠此刻宁愿相信肥佬是喜欢演戏，这从他一直不肯摘下脖子上的两条彩带就可以看出来，他还待在几天前录像拍摄的情景里,他整天坐在门槛上也许就是在等待下一场表演,这么说起来,他还真有点傻,傻到头又还有点走运。

接下来的画面似乎有些不真实,但作为情节还是有它的合理性:为了让肥佬能够扮演一天的书店工人,谭明珠将他带到了自己住的楼上,让他洗了个澡,换了几件不分男女的衣服,于是他整个人看上去跟之前完全不一样了。当然啦,他的表情跟之前的区别并不大,也许是头发太长和胡子拉碴造成的印象,而且他的牙齿也跟正常人不一样,右上的两颗牙明显没有靠在一起,甚至比其他的几颗短了许多,如果不是先天的,那一定是经常咬酒瓶盖子咬崩的,这个细节平时不容易发现,但洗完澡一对比就显出来了,不过这对于明天的表演来说影响不大,无论他清洁玻璃还是给花浇水,多数情况下是面朝书店背对街道,路人看到的是他的动作,不是他的脸。

肥佬跟着谭明珠走进她的屋子,如同踏入了另一个世界,顿时显得手足无措,谭明珠通过余光和镜子发现了这一点。她当然知道这个不得已的安排会带给肥佬某些深刻的记忆，形成他对一个不光是正常人的更主要是女人的生活的印象，随之就可能出现某些胡思乱想，但她更愿意把这个安排看作是人与人之间正常的帮助，跟她帮助野山绝对不是一回事，就算是涉及性别，也就如同在地铁车厢那样，男女之间尽管靠得很近，只要举止得体，每个人包括长相在内的一切特征都会像月台一样一闪而过，就算留下记忆，也会十分短暂。肥佬嘛，根据他每天将大部分时间留在谭明珠楼下门槛上这个举动，我们就知道这个女人也许带给了他某种安全感，这也证明他真的不傻，能够认识到谭明珠是这条街上唯一具有乐善好施品德的人物。就容忍他的存在来说，谭明珠对待他的举动看似粗鲁，其实也是别人不屑于做出的，这就证明她的容忍是一种承认，是给刻板生活留出的一道缝隙，或者生活本身就是这样，只不过大多数人对此缺少意识罢了。

　　肥佬在卫生间里脱了衣服，舒舒服服地冲

了个澡。他听见谭明珠在屋子里进进出出忙个不停的声音,隔了一阵子声音又没有了,他以为她坐下了,却不知道她是去了阳台。时间已经接近下午三点,西边的太阳完全照不到朝东的阳台上,就连对面新大新的那堵死墙也没有了光线的变化,整个色调都统一在一种不冷不暖的淡灰色当中。从屋里朝外看,柔和光线形成的背景使谭明珠的身体轮廓更清晰,每一个动作更容易形成定格。她数了数阳台花架上和地上花草盆栽的数量,估算着哪些可以明天让肥佬搬下去。她一转身,手臂碰到了一株粗大的仙人掌,她下意识地用手去扶它,却又不小心被它上面的刺扎得哎哟了一声。这声音肥佬应该听到了,但他没有做出任何反应,既没有关闭阀门,也没有回应一声怎么啦,他正在不停地用手搓揉自己的身体,同时注视着流到马赛克地面上的水,看着水渐渐上涨,几乎就要溢出浴池,颜色也由黑色变成以沐浴露主导的混合色,说不清是更接近奶茶还是拿铁,这两样东西都不在他的经验之内。当他关掉阀门想让水完全流走时，才发现出水口已经完全被自己身上掉下来的毛发塞住了。在他低下头想把毛发清理干净的那一刻，他意识到身体下面有些热胀，使劲抓了几下之后，那勃起的感觉终于被他控制住了，而这时浴室外也传来了谭明珠的一声好了没有。

第二天，店员一早来到昌兴街，远远地就发现一个值班医生模样的男人站在谭明珠上下楼道的门口，身体靠着门框，笑嘻嘻地正朝自己打招呼。啊，是肥佬！看来他真的没有让人失望，店员放心了，也相信谭明珠比自己更放心。那门一定是谭明珠事先就打开了，还有肥佬身上的衣服，圆领衫外面套着一件腈纶运动衫，运动衫外面又套着昨天从牙医那里借来的白大褂，这一切都证明肥佬至少在时间上没有违背自己的誓言，对谭明珠也是百般服从。从肥佬那边来看，今天这个日子可以说是一个新的开始，两个女人要求他做的无休止的表演只不过是更换了自己每天生活的内容而已，重复劳动对他来说根本不成问题。

事实上肥佬不仅一大早做好了自己形象上的准备，他还把谭明珠昨天就已经选好的花草盆栽都搬了下来，就差如何将它们摆放好，跟原先的植物组成一个既协调又有变化的景观。看着这些大大小小的花盆堆在书店门口，店员示意肥佬先将它们挪开，随即又想到不如先从摆放它们来开始今天的表演。她看了看时间，现在还不到九点，一般情况下主任所说的重大活动最早也只会在半个小时后开始，摆放花草的动作就算是结束在活动开始之前，后面还有浇水和清洁玻璃这些动作更加简单的工作，它们的重复的确可以是无休止的。如果说给花草浇水不能过量，玻璃的清洁程度则完全取决于验收者订立的标准，而这个标准今天只是与时间有关。

肥佬在店员的指导下搬动着花盆，他的动作看上去的确有些夸张，那些一只手就能拎起来的小盆栽他也用上了两只手，而且给人的感觉是它们好像还挺重。看着他如此领会一场没有摄影机在场的表演，刚刚从楼上下来的谭明珠笑了,坐在店里一边敲击键盘一边进行场外指导的店员也笑了。两个女人隔着玻璃欣赏自己导演的这出动作戏,却又估计不到剧情是应该朝喜剧发展还是让肥佬做本色表演。不管怎么说,肥佬的生活在这个他还没有完全意识到行为性质的过程中已经悄悄发生了改变,这一点真的得感谢街道办,感谢主任。

时间一分一秒地过去,肥佬在书店外面用一块抹布使劲地擦着玻璃,他已经搞不清是第几百次重复同样的动作。谭明珠和店员突然意识到,整个计划对时间的要求其实是希望指针走得更快一些,快点迎来那场主任说的重大活动。不多不少的社会经验告诉她们,再怎么重大的活动其实关键时刻就那么短短的一小会儿,放在演出上说,就是台上三分钟,台下十年功。现在的问题是搞不清这三分钟——肯定还用不了三分钟,如果主导活动的神秘人物不突然产生好奇心走进书店的话——会是在哪个具体的时间段,起码要知道是上午还是下午。当然啦,困惑一早就植入了她们充满信心的计划当中,她们排遣困惑的办法就是将它转化为希望,一种类似于将相纸浸在显影液中等待图像慢慢出现的希望,或者说一种被她们发明出来的游戏,店员用来打发时间,谭明珠用来走出野山带给她的情绪阴影,只不过如果不拽上肥佬,这场游戏将无法玩下去。

从昨天下午到今天早上,不时出现在两个女人头脑中的困惑没有解开过一点点:没有人通风报信,昨天的晚报和电视新闻也没有提及过这一带将有什么活动举行。谭明珠开始怀疑主任提到的重要活动只是对于不便提早公开的其他事情的托词,也许没那么重要,只不过他们宁愿将它当成重要的事情来处理,以防止可能出现的失误。很快地,看到书店外面肥佬还在使劲地清洁已经没有了污垢,干净得可以用舌头去舔的玻璃,谭明珠又否定了自己的猜想:无论活动的重要程度如何,主任一行办事的果断态度都证明活动的确存在,它的真实性不容怀疑。

整整一个上午就这样无声无息地过去了,

昌兴街四处都显得比往常更安静，从中山五路这头望过去，街面也的确比昨天干净整洁，见不到一张摆出外面的桌椅，书店对面的垃圾桶也不知道从什么时候开始披上了绿色的伪装。在没有人走动的情况下，街面上唯一在动的就是肥佬，他一直在清洁他的玻璃，动作相当机械，节奏保持不变，一二三，一二三，一二三，偶尔中断一下也只是为了调换左右手。一直坐在书店里面的谭明珠时不时透过玻璃朝他望一眼，眼神说不上是鼓励还是怜悯。外面没有下雨。再过几个小时，阳光就会完全撤出街面，再往后就是白天的消失。谭明珠起身走到外面，对肥佬说了一句可以了，不要再擦了，于是肥佬转过了身子，对着谭明珠一阵傻笑：真系唔使啦？①

---

① 粤语，意为"真的不用啦？"。

丁先生

穿黑色皮衣的中年男子在录像中没有说过一句话,也只有很少的动作,走进书店之后在里面待了一阵子,翻了翻书,又走了出来。他也关注了何曼丽倒地并被野山扶到一边坐下后的场面,不过只是在旁边站了一会儿,既没有说话,也没有做可以引起我们注意的动作。从表演的角度来说,他就是那种领了衣服之后穿上它走走过场的群众演员,导演看中他仅仅是因为他能够接受这么简单的任务,甚至不期望自己最后一定出现在银幕上。

当然啦,你也可以说他是一个神秘人物。其他人物要么说话,要么动作,个个都有一看就知道的身份，比如作家、音乐人、投递员、流浪汉，就他没有。他有的就是他那一身衣服，还有他头上戴的帽子和手上拿的书，但这些特征一般来说只会指向一个人的外表，不能证明他的身份和性格。再说啦，从书店出来手上就有了一本书，这也没什么奇怪的。如果我们的目光一直追随他，就会发现这本书正是他一直在书店里翻阅的那本，他离开时先到店员那里付了款，然后夹着它走了出来。他是从巷子的北口走进书店的，出来时却走向了巷子南口，也就是通向中山五路的这边。走到书店的墙角时，他停住了，因为他看到了很意外的一幕：一名孕妇斜靠在一张椅子上，旁边围着不少人。孕妇不像是要临产的样子，他没有听到快快快快叫医生或快快快快送医院这样的叫声，这证明她只是发生了别的情况，体质上的或情绪上的。作为一个以收集证据为主要手段的专业人士，这一次他反而打消了向人群中的任何一位探听情况的念头。他知道事情也许比人们当下所了解的更复杂，怎样探听都不可能获得真相。他的职业告诉他,如果要把这件事情彻底搞明白,不管是出于同情还是出于好奇,或者期望在这件事情上施展自己的才能,现在都不是时候。他不愿意被人看作一个多管闲事的人,更不愿意受情感或价值判断的影响,说出一些无助于解决问题的不明智的话。无论如何,在一群似乎了解情况的人面前,他的观察就应该止于这片刻的停留,这也可以说是收集证据的开始。他在心里记下了场景中的关键点:孕妇的坐姿和神情,围在她旁边的人的数量以及他们的衣着打扮。他凭着这些就可以回到事务所列出一个图表,无论如何,他已经养成这样的工作习惯,不管是受人委托还是作为纯粹的练习,总之一切工作都要做到既细心又不被人察觉。

我们就叫他丁先生吧,这对于一个私家侦探来说再合适不过。当然啦,他的名片上一定印着名字,还有业务范围,通常是四到五个,但人们只会关心其中的一两个,比如第三者调查、行为跟踪。在那些得到名片却没有业务可委托给他的人眼中,这些内容等于一则则大同小异的故事,牵连着广大的社会,但最好跟自己无关;而真正有求于他的当事人,一般是女性,很少有男性,则根本不需要看清楚名片上写了什么,直接就把信息资料丢给了他。

丁先生刚才就是在书店里翻阅一本有助于提高自身业务水平的书:柯南·道尔的《福尔摩斯探案集》。他曾经有过这本书,可是借给助手后不知道他把书弄哪里去了。他不记得福尔摩斯有没有办理过我们今天所说的"第三者"即婚外情案件("婚外情"英文应该怎么说?他脑子里闪过这么一个求知的念头,尽管他的业务中暂时还用不到英文),但他相信福尔摩斯的方法对于任何案件都是有启发的。在书店里,他按照自己习惯的方式在书架的F字母系里查找"福尔摩斯",结果一无所获。店员建议他按作者姓氏字母去找,于是他就查K,很快就见到了"柯南·道尔"。他打开书,随便一翻就翻到了福尔摩斯推断华生刚刚去过邮局发电报的那节:我观察到在你的鞋面上粘有一小块红泥,韦格摩尔街邮局对面正在修路,从路上掘出的泥堆积在便道上,走进邮局的人很难不踏进泥里去……太好了!邮局,还有邮局对面正在修的路,这跟他眼下要办的案子如此吻合,是证明自己在这个行业里的水平越来越接近福尔摩斯了吗?他惊叹现实怎么能够这么一丝不苟地模仿着艺术,而且还超越了时间和空间,从今天的广州去到了一百年前的伦敦。他很庆幸自己的运气,甚至认为这正是他的祖师爷福尔摩斯在关键时刻递给他的一把钥匙。虽然他同时也很清楚这只不过是巧合,但它为什么会发生,而且是发生在他最需要的时候,这不正是他的努力和经验所达到的境界吗?他合上书,也没有看定价,就拿到店员那里交了款,夹着它快步走出了书店。他记得自己来时的路,但他不想走回去。又或者,他听到了书店外面的声音,他循着声音出了店门往右走,很快就见到了一堆人围在了孕妇身边。这一幕,他似乎在哪里见过,但想不起是在现实中还是在电影或者绘画中。

回到事务所之后，丁先生开始凭记忆画出刚才见到的人群与事件主角的关系图。他首先确定了穿枣红色毛衣的男人不是孕妇的丈夫（如果是，他的表情中应该透显出无奈和沮丧），然后又把肥佬排除在群像之外（一个流浪汉？不，不可能，他不可能知道什么）。至于那个头上卷着卷发筒的女人，她也不可能是孕妇家里的人，比如亲戚或者用人，如果是的话，她应该时刻待在孕妇身边，而不是如此悠闲地去弄自己的发型。还有那两个音乐人，虽然他们各自都带着乐器，显然也只是路过此地，因为昌兴街属于中山五路北京路，并不适合街头表演。凭着自己多年的办案经验，又结合了刚才的分析，丁先生给昌兴街的这个场景下了一个结论：它不外乎是过去众多案子的翻版：一个女人被抛弃了，情绪上来了就把持不住自己，跟前虽没有那个负心人，也照样大哭大闹，所以才引来了周围人的关注。

做完了这个推断，丁先生又开始打开他刚才在书店买的《福尔摩斯探案集》，他想翻到福尔摩斯推断华生去邮局发电报的那一页,但他当时没留意是哪一节,没记住页码,也忘记将书页折个角,这真是一个不该有的疏忽。像这样该记住却没有记住关键词或数字的情况,很少发生在他办案的时候。一般来说,当一个棘手的案子摆在他面前时,假如他不是靠直觉,那便只有通过各种数字来进行推演和判断。在他那个随身携带的笔记本上,密密麻麻地记录着各种数字:门牌号码,电话号码,欠款或收益的数额,生日或结婚纪念日,身高体重,年月日和星期,精确到分钟的时间。在这些数字中,还不断出现标注着"来"和"去"的日期(或者用箭头表示,箭头朝左是"来",箭头朝右是"去"),比如"八月21日来,26日去",这是某个女人来例假的日子。对于帮助那些即将破裂的婚姻中的女方,他的委托人来说,这些数字尽管不好意思开口,但是必须掌握。

丁先生无法原谅自己的错误。他想起当时翻到的那一页大约是在整本书三分之二的位置，于是就打开书，估计出那个位置，将一张自己的名片夹在里面，然后一页页地往后翻。由于翻的速度有点快，以至于大大地超过了三分之二的位置，丁先生只好又往前翻，甚至有意超过夹名片的位置，他不相信自己对三分之二的估计是准确的。他这样不知重复了多少遍，邮局两个字始终还是没有出现，他开始怀疑自己是不是记错了位置，也许不是三分之二而是三分之一（也就是藏在整本书不到一半的地方），也许他是把在书店翻另一本书的印象挪到了福尔摩斯这里。不，他没有翻过另一本书，而且书店也没有别的跟福尔摩斯或柯南·道尔有关的书。虽然一直存在《福尔摩斯探案集》的多种版本，有的分成上下卷，有的还带插图，但丁先生在书店就只见到他手中的这一种，而且书架上就只有这一册。当然啦，丁先生为一本书想这么多恐怕是迟疑过头了，就算书架上确实还有这同一个版本的复本，理论上它们也应该完全一样，除非是装订时工人少上了一手纸，或者多上了一手纸，不仔细检查根本发现不了。

没有什么比这种无谓的纠结更耽误时间的了,这分明是职业带来的坏习惯,虽然很具有职业的特点,但也很容易让自己的判断陷入不必要的局部,妨碍更为要紧的整体观察。丁先生突然意识到自己不应该继续为查找书中的邮局耽误时间,与此有关的那个重要的约见还在等着他。当然啦,他一直记得这个约见,他之所以要找到书中的邮局,也完全是为了这次约见:一周前,一个已婚女人通过别人介绍找到了他,请他帮助搜寻自己老公出轨的证据。她所提供的线索或猜测的依据,其中就有老公鞋上的泥,她马上由此联想到关于他的一些传闻,想到那个不敢面对她的年轻女人是在邮局工作,而邮局的门口正在修路,到处都是泥,泥的颜色跟留在鞋上的一样。

邮局,邮局。光邮局就算了,还有泥,世上还真有像这样跨越时空的巧合。丁先生一生最大的成就感就是他的幸运,他努力工作好像不是为了挣到更多的钱,而只是为了不断地证明自己的幸运。现在离约见的时间只剩半个钟,丁先生不再徒劳地在书中寻找邮局,他对自己说,如果不是错觉或幻觉,那它就一定存在,不然他不会那么在意委托人提到的这个证据。至于福尔摩斯的邮局与委托人的证据之间有什么联系,用一般的办案逻辑也是解释不了的,丁先生感兴趣的只是巧合本身的神秘性。如果说利用这种巧合究竟有什么意义,丁先生或许会照搬福尔摩斯的推论过程,让委托人将痛苦的回忆转换成快乐的游戏。

证明了自己的幸运是多么恰当之后,丁先生合上书,把它塞进包里,想了想又把它拿出来(是的,的确有点重)。当他穿上他的皮外套,戴上他的帽子,走到门口去拧把手时,他忍不住再一次想到了福尔摩斯。还是把书带上吧,重就重点,也许待会儿就翻到了邮局,也许能派上用场。

见面的地点选在沿江路的 1920 西餐厅,就在海珠广场的旁边,面朝着珠江。丁先生赶到的时候,委托人已经坐在里面靠窗的位置,手托着下巴,若有所思地注视着江边宽阔的人行道。丁先生在委托人对面的沙发上坐下来,对自己的迟到表示歉意,委托人说不必客气,自己也才刚刚来到,只比他早了两分钟。丁先生将包从肩上卸下来,转头叫来服务员,问她有什么喝的。服务员回答有酒、咖啡和鲜榨果汁,于是丁先生又问委托人想喝什么。委托人选了橙汁,丁先生对服务员说来两杯橙汁。要加冰吗?服务员问。丁先生把目光转向委托人,常温,委托人很干脆地回答。好,一杯常温,一杯加冰,就这样。丁先生看着服务员离开,稍停了几秒,将双手十指交叉,摆在了桌子上,目光专注地看着委托人,神情自然,像是面对一个老朋友:怎么样?有什么进展吗?委托人摘下肩膀上的披肩,顺手将它盖住了随身的小包,稍微调整了一下坐姿,目光也同样专注地看着丁先生。是这样,不好意思,我想了想,还是把案子撤了吧。为什么呢?丁先生很吃惊,也很好奇。您还记得那双鞋吧?记得,丁先生不光记得,同时还想到了包里的福尔摩斯,他松开交叉的十指,将右手伸向自己的提包,停顿了一下,又很自然地放回到桌子上。您继续说,丁先生有些急不可待了。是这样,他招了。本来他一直躲避着,不回答鞋子上泥巴这件事,看我咬住不放,就骗我说是去新房子那里看装修了。我说你骗谁啊,早半个月我就去过,整个楼盘都铺上了石板,哪来的泥土?他无话可说,我就一一戳穿他,说你要是喜欢别人就尽管去,用不着骗我。我估计他看我不是捉奸在床,只是去邮局会会她,构不成恶劣情节,就装出一副委屈的样子,说你既然这么说,那我就算是去过邮局吧,这也没什么啊。丁先生听到这里,终于明白委托人起先找他的目的并不是要把事情搞个明白,并不是为了离婚时不让自己吃亏,她对她的老公就算没有了结婚前的感觉,但还是有所依靠,从她老公那边来说也是这样,不然他不会这么快就举手投降。那么……他已经回心转意了?丁先生实在找不到什么词,就撇开自己的职业套话,用这种很普通、很没有针对性的说法来表示他可以接受这个事实，只是还需要进一步证实。没什么回不回心转不转意，反正一切都挑明了，要过下去就老老实实，不要再搞这些猥猥琐琐的动作。委托人说完这些，显得比开始的时候踏实了许多。本来嘛，撤销案子的决定她也可以在电话里说，之所以提出跟丁先生见面，可能就是想找个能说话的知情人，痛痛快快地把心里想说的话都倒出来。而丁先生呢，本来还想在谈话时引证福尔摩斯的方法，让这个不大不小的案子成为他一生中幸运连连的又一个证明，但这个他没有想到的结果让他不得不从另外的角度去评估这个案子，比方说，虽然过程没有完全展开，但出乎意料的结论也不能把自己的努力排除在外。

第二天傍晚，丁先生带着《福尔摩斯探案集》又来到了书店，他一进门就对店员说，昨天忘记盖章了，请问可以补盖吗？当然可以！店员接过丁先生递过来的《福尔摩斯探案集》，将它的封底平铺开来，塞到钢印的底下，使劲一压，封底上顿时就浮现出一个凸印，那是书店用了快二十年的一个图案,表现的是一个工人正抡起大铁锤朝什么地方砸下去。丁先生仔细地瞧了瞧钢印压出来的图案,还用手摸了摸,感觉了一下它那柔软的凸起,同时想到了昨天走出1920西餐厅后见到的永安堂前面的那个雕像,它表现的也是一个工人和铁锤,只不过工人是拄着它,没有将它高高举起。

昨天那个女的,丁先生意识到这么直接地跟店员打听一件跟书店无关的事有些不礼貌,就只把话说了半截,重新开始一个问法:对啦,我昨天来这里买书的时候,见到外面有一个女的,好像是个孕妇,她怎么啦?哦……店员拖长了一下应声,似乎是不止一次被人问到这件事情,就像背书一样把事情的经过说了一遍,其中特别提到了那封信,因为这是事情的导火索。当丁先生好奇地问起信中都写了什么时,店员耸了耸肩,说这我就不知道了,因为大家都没有看过这封信,除了作家。作家?丁先生的职业敏感又上来了。就是住在隔壁巷子里的野山,我们只知道他叫这个名字,应该不是姓"野"吧。当然当然,丁先生附和道,这肯定是他的笔名,作家嘛。

一封信,一封不知道内容的信,除了野山(哦,那个穿枣红色毛衣的男人原来是个作家),没有人知道它是怎样导致了一个孕妇的晕倒。现在,丁先生可以从这里开始他的推测,但他除了保留着当时众人围住她的画面,没有任何别的线索。他应该去会会野山吗?以什么理由呢?如果他找到了理由,以这样那样的理由敲开了野山的门,他相信他会告诉他信里所写的内容,甚至会把信拿出来给他看,以证明他没有骗他。这个理由,丁先生不敢继续想下去,他还从来没有在没有委托的情况下主动介入看上去构成问题的事情,无论是财产纠纷还是婚外情取证,这是行规,也是他行事的基本守则。但是眼下,他的确是被自己的好奇心驱使,特别想找到一个恰当的理由,去搞清楚一封信如何导致了一个孕妇的情绪突变。当然啦,他也可以根据他的经验去做推测,得到一个八九不离十的结论,但另一个念头也同时在提醒他，他并不是在写一篇小说，不可能虚构一个由曲折情节构成的结论，以证明自己多年积累的经验总能对应上丰富的社会现实，这样做对他的业务开展没有任何好处，反而会成为同行们的笑柄。

从书店出来，丁先生感觉有些虚脱，他相信这是同一时间内形成的挫败感带给他的。他朝昌兴街的尽头走了很长一段路，发觉不对又往回走。他再次经过了书店，见到店员朝他望了一眼，就抬起手稍微示意了一下，却不敢再回到店里。他还没有找到去见野山的理由，或者说他已经决定放弃寻找理由，这起码可以给人一种他不是怪人的印象，这对他来说很重要。丁先生本来就经常要将自己代入到各种人所处的困难情境里，久而久之也多少会让自己的性格失去原有的整体性，甚至性别与身份也变得模糊不清，使他在与父母、亲戚或者同学相处时常常遭到一些不中听的指责，说他怎么干了几年这种说是替人消灾的事情，其实自己什么也没有捞到，也不见赚了多少，还不如老老实实待在一个单位，既有保障，也不会搞到现在连个家都没有。丁先生每回听到这样的说法，既不紧张也不解释，他知道自己选择干这一行就好比走夜路，路是宽的，但不是什么都看得清楚，动作还得是静悄悄的，要是碰上一个同样不声不响的家伙，说不定自己还会被吓一跳。这种感觉，习惯了正常生活的人怎么理解得了呢？

中山路上的霓虹灯没有北京路那么耀眼，路的长度却是北京路的十几倍，路旁也会有更多的小铺子，地产中介，宠物店，凉茶铺，便利店，图文打印店……丁先生走到与德政路交界的路口时，在一间花店前停住了：一个月前，这间铺面还挂着房屋中介的招牌，因为一起合同纠纷，丁先生的同学不止一次带他来过这里。最后的一次，同学提出要见中介公司负责人，经理们说负责人不在，就是在也没有用，合同在法律上没有漏洞。同学被经理们的这番话气得拍桌打椅，不光吓跑了一对正要往合同上签字的年轻夫妇，还差点震倒桌子上的纸杯。杯子里喝剩一半的水随着同学敲打的节奏一个劲地往上蹿,形成一道喷泉状的水柱,落不回杯子里的就滴到了桌子上。丁先生站在一旁,若无其事地看着从杯子里溅出的茶水流向那份刚刚被抛弃的合同,观察上面的字迹在茶水的浸润下慢慢渗开,最后化作模糊一片。这太好了,什么问题都解决了。

当然啦,丁先生也不能肯定就是那起合同纠纷导致了房屋中介变成了花店,突然间的转让总之是事出有因。他从回忆中退出来,这才意识到花店门前站满了人,男人多过女人,或者说几乎全都是男人,一个比一个年轻,一个比一个心不在焉,个个都低头看着手机,面无表情。老板娘扎着头巾,瘦小的身子藏在布满花朵图案的围裙里面,不停地在中介公司遗留给她的落地玻璃前穿来穿去。玻璃上的租售水牌已经被揭去,换上了一张比原先的 A4 纸大得多的告示,上面用彩色马克笔双勾出"租约期满"和"情人节大甩卖"两行大字,如同高速公路拐弯处突然冒出的告示牌,提醒丁先生不要忘了今天是什么日子。

今天是情人节,一个不知道是谁发明的节日。不光是情人节,还是丁先生女朋友的生日。丁先生的记性,从记不住《福尔摩斯探案集》中邮局的页码开始,已经严重到记不住情人节,记不住情人节就是女朋友的生日。丁先生内心十分恼火,但他又不知道是该怨自己还是该怨这个凑到一起的日子。他在心里念着玩完玩完,同时努力地回想自己为何就把这么重要的日子给搞忘了。他掏出手机看了看时间,还不到晚上八点,说早不早,说晚不晚,麻烦在于他是搞到现在才想起来。

等到那些比他年轻的男人以一种完成任务后的轻松捧着花离去,丁先生才敢走到他们刚才占领的位置,压低声音跟老板娘打招呼。什么?请帮我配点花,生日用的,丁先生的声音还是那么低,只是在"生日"这个词上加重了语调。生日?老板娘迟疑了一下,是老人、小孩还是女朋友?丁先生不好意思说出"女朋友"这个词,他担心自己的年龄会给人不正经男人的错觉,就又调低语调说了声"女的",他相信老板娘懂得他这么说的含义。经验丰富的老板娘很利索地挑了九朵红玫瑰,又配了几束百合,对丁先生说这样最好,保证你女朋友会开心。

丁先生捧着花(也不能说是捧着的标准动作,至少是没有坦然地放在胸前),站在路边等出租车,不管远处开来的车是不是亮着空车指示灯,他都招手,但没有一辆车理会他,他的手挥动越勤快,车子从他身边开过去的速度也越快,一辆接一辆地加重了他的失望。天下怎么一下子跑出来这么多情人,其中有些应该和自己的处境相似吧。丁先生一边安慰自己,一边又在内心埋怨起情人节来,就像他一直也埋怨清明节端午节一样,他看不出这些节日跟自己有什么关系。女朋友的生日算不算节日?丁先生从来没有想过这个问题,但他现在觉得这是个问题。他认为女朋友也搞不清自己是应该过生日还是应该过情人节。他一直就这么认为,他的认为妨碍了他去加重这同一个日子不同性质的相同意义。丁先生开始在心里检讨自己，设想女朋友就站在跟前，扭转头，紧绷着脸，虽然一句话不说，但明显能感觉到她内心的愤怒之火已经被点燃。他求她原谅，可他同时也记起求原谅的话他不止说过一回，每回得到的都是你不必跟我道歉，我也不会原谅你，这使得他无法再接着往下说，只能是默默地站着，等待时间来消化两人之间的紧张气氛。

打不到车。所有的车上都坐了人，有些看上去没有人，其实是车里的人，一个或两个，将身子埋进了座位里。丁先生决定改变一下策略，他拐进了德政路，一边走一边回头，留意着突然出现在他身后的每一辆出租车。德政路虽然是单行线，但是居民相对密集，下车的人应该比中山路多。果然，丁先生没有猜错，他走了不到两百米，一回头就看到一辆绿色现代停在他后面五十米的路边，他快速地跑上去，等不及后排座位上的乘客结账下车，就拉开副驾的车门，坐到了司机的旁边。当后门终于关上的时候，他听到车外传来一声撞鬼啊，赶住去投胎咩！算了，这样的抱怨他不是第一次听到，管他呢。

不管丁先生多么心急，车子在市区总是保持着一副好脾气，遇到红灯就趁机歇一歇。每当路口的红灯固执地一动不动，坐在副驾的丁先生就不由自主地抖动起双脚，用手指拍打着膝盖，跟发动机待命时的突突声节奏一致。他的动作尽管自然而流畅，却丝毫也没有感动头顶的红灯，倒是引得司机向他投来一丝不快的目光。意识到司机用一个停止喝茶的动作来表示他的不满，丁先生不得不放慢抖动的节奏，逐步拉大手指在膝盖上拍打的时间间距，越来越慢，最后停止在红灯变为绿灯的那一刻。

出租车拐进沿江路没多久，司机一打方向盘，嘎吱一声停在了江湾桥下面的加油站。不好意思，得耽误您一阵子。不急，不急。丁先生嘴上说不急，心里却差不多急出了火。丁先生的心急，并不是急于见到女朋友，而是急在他既要尽快见到她，又不知道该如何面对她，所以他的急其实是一种由心里没底导致的恐慌。你想啊，这么长的一天，这么重要而且是双份的日子，丁先生和女朋友居然就没有通过电话，甚至从昨天开始就没有电话，这能说两个人之间还是恋人关系吗？丁先生很后悔把这两天的注意力都集中到两件既没有着落也毫无关联的事情上，尤其是他还要自以为是地把它们跟自己的幸运扯在一起。现在，他根本没有勇气给女朋友去电话，也不希望接到她打来的电话。他只希望加满油的出租车开得尽可能快点，快点结束他现在的恐慌。

女朋友原先住在瘦狗岭，后来搬到了沙河顶，离动物园很近，离他却更远了。按习惯的走法，本来一条直路过去，拐个弯就到了，但今天竟然遇到了修路，一长溜铁马占去了道路的大半边，逼着道上的车一辆接着一辆地排着队缓缓移动，就像在殡仪馆里跟死者告别。丁先生在心里念着玩完玩完，趁着离车龙还有一截距离，果断地让司机打大方向盘，将车子开进了他平时很少走的一条小巷。撞鬼！当小巷走到尽头时，两边竟然就没有了分岔的道，丁先生只好又让司机在逼仄的巷子里将车子掉头,差一点将屁股撞到路边的灯柱子上。扑街!司机骂骂咧咧地打着方向盘,丁先生的身体也随着车子的忽左忽右东摇西晃,一直夹在两腿之间的那一扎花终于也忍不住掉了几朵玫瑰下来,不知不觉被他的脚踩瘪。

沙河顶终于到了。丁先生从副驾上钻出来的时候,他的女朋友也正站在路边。他以为她是预感到他要到来,所以早早地来到路边等他,于是乎他的恐慌就霎时间自动消退了,接下来要做的就是冲过去拥抱,再献上一个热吻(多么可笑的举动啊,但是丁先生只有这最后的一搏了)。女朋友对于他的突然到来没有表现出吃惊和兴奋,只是用很平静的语气对他说,你怎么来了?(问号可以去掉。)今天是你生日啊!(感叹号是为了显出不一般的激动。)女朋友淡淡地又说了一句嗯你还记得,就把他的激动彻底打了回去。丁先生捧着那扎残花,呆呆地站着,不知道该如何接下一句,快到嘴边的对唔住连口都没有张就收了回去。这时候，一辆空车主动地在他们身边停下，女朋友拉开后排的车门，朝车里伸进一条腿，把另一条腿留在了外面，眼睛倒是一直注视着丁先生。要是没什么事，我先走了，那边还有人在等我。女朋友说完这句毫无节奏的话，就把露在外面的那条腿收进车里，关上车门，跟司机说了声唔该，沿江路，再也没有朝丁先生看一眼。计价器打下时发出一阵嘀嘀嘀的声音，在丁先生耳朵里停留了很久，车子开出很远了，连尾灯都看不到了，它还一直在响。

丁先生花了一个多小时步行回事务所，这在他的恋爱生涯中还是第一次，他的心情自然是糟透了，如果步行能缓解的话，他宁愿花上比来的时候更多的时间，让黑夜和孤独来消解这一天的烦恼。到了事务所门口，丁先生好不容易才从包里掏出钥匙，哆哆嗦嗦地试了好几下才对准了锁孔，打开门，按下灯开关，一眼就看到桌子上正正地躺着那本被助手借走的《福尔摩斯探案集》。他走近桌子，抽出书底下压着的一张 A4 复印纸，上面是助手给他的留言，虽然字迹很潦草，但他还是看明白了内容。怎么说呢，就当这是一封辞职信吧，助手先是感谢丁先生给了自己工作锻炼的机会，说这一年中学到了不少东西。但是，他开始用递进式的句子陈述自己辞职的理由：父母来信了，催他回去结婚，他是家里的独子，女朋友年纪也不小了，他只能从命，而结了婚恐怕就不能再出来工作了。末了，他又对自己负责或认为应该负责的工作做了如下交代：从今年开始，公司的年审将升级为复杂的网上流程，这个可能要找专业的代理来做；师傅检查空调时说不是雪种的问题，是主板坏了，但这种型号的空调已经停产，不如买台新的更合算；电脑现在运行很慢，最好也换台新的；还有，管理处今天又上来催缴房租了。

丁先生读完信，随手翻开书，将信对折了一下，夹进书里。他看见邮局就躺在这两页中，书眉上印着四签名，不过现在什么都无法让他兴奋了。

委托人和卢婷婷

1920 西餐厅内,丁先生右臂搁在沙发靠背上,身子转向远处的收银台,打着手势寻找那位看不见的服务员。委托人知道他动作的意思,也往前欠了一下身,对他说我来我来,你有事可以先走。丁先生收回他的动作,谢谢完了又加上一句那我先走一步,还有点事情,拎起那个装着福尔摩斯的公文包,起身往餐馆门口走去,走到一半又回了一下头,对她笑了笑,同时用这个返场动作协调着脚步继续迈向门口。在这个不足两秒的瞬间里,丁先生突然一个转身,托着盘子走过来的服务员跟他撞了个正着,两个人同时哇了一下,丁先生还没有来得及说唔好意思,服务员已经迅速而麻利地通过一套训练有素的动作,稳住了正要往下掉的盘子。

他是从海珠桥那边走过来的,现在却朝着相反的方向,也就是背靠海珠桥往西走,就好像他原本是要走去大西濠或者六二三路,只是在半路拐进餐馆歇了歇脚。假如有人喜欢坐在江边的长椅上观察进出餐馆的人,丁先生怎么走进去又怎么走出来,一定逃不过这个人的眼睛,对他的继续往前走做出一个很合常理的判断,认定他只是一个人,西餐厅只是他行走中的一个驿站,他在里面只不过待了半个小时,也许更短。

受到职业性质的影响,丁先生的确经常要充当一名隐蔽的观察者,他熟悉并喜欢蹲守、跟踪、拍照和取证一类的事情,对它们的兴趣大于和人面对面。假如他现在要躲在江边的榕树背后观察对面西餐厅,他的职业所要求的细心和耐心,首先就体现为磨炼目光的超能力。具体来说,就是要隔着马路穿透那几扇反射太明显的窗玻璃,看清楚餐厅里面的目标人究竟是单个还是多个,这关系到他离开时朝哪个方向,然后再决定是尾随他还是直接赶到目的地等着他再现。如果目标人是在里面跟人约会,离开时他们应该是一起出现在餐厅门口,相互道别之后各自沿着来时的路线往回走,现实中往往就是这样的情景。只有在谍战剧里,由于情节设计总喜欢不落俗套,或者目标人本身具有反侦察能力,才会出现一些观众估计不到的画面,比如目标人走出来又重新走回去,或者根本就没有走出来。

当我们看到丁先生的确是一个人走出餐厅,同时又朝着来时相反的方向,很容易产生他是一个人待在里面的感觉。但是,既然无法穿透那几扇又暗又有太多反射景象的窗户,我们就只能说,他的行为举止比普通人难以捉摸。作为专业人士,丁先生时刻告诫自己要细心观察,耐心等候,但行动起来又总是分心,这就是他有意思的地方。出了西餐厅的门,他自己也说不准要去哪,是绕个弯回到昌兴街,还是趁机沿着江边走走，无论怎样过程都相同。说起来这一带他很熟悉，历史上的整个家族，他号称的祖屋，还有二姑三叔四姨的屋企，一度分布在附近贴着各种古怪名字的巷子里，靖海路的果菜东街，泰康路的木排头，高第街的晴波巷。上学的路上，他必然要经过永安堂前面的工人大铁锤雕像，但他现在不记得工人拄铁锤用的是左手还是右手，如果他不跟自己一样是左撇子，应该就是用右手，然后左手叉腰。丁先生边走边回忆，同时又不清楚为什么要去分那个左右，如果他真的朝永安堂那边走，很快就会有结果。

经过西餐厅那几扇向着沿江路的窗户时，丁先生没有刻意躲开与委托人的再次相遇，他抬起头，让下巴尽量接近窗台，隔着玻璃跟她打手势。这回是委托人先给了他一个微笑，甚至还稍微眨了一下眼，搞不懂是再一次谢谢还是后会有期。丁先生不好意思也朝她眨眼，他用手指了指前方，这个动作究竟想表达什么，如果是想告诉她自己要过去大铁锤那边，看看它是不是还在,① 显然还要再加上一些动作;如果不这么指一下,他会因为节奏上出现不该有的休止而感到内疚。丁先生偶尔会内疚一下,无论对事还是对人。

等服务员过来买完单,委托人又小坐了一会儿,从包里掏出化妆盒,对着小镜子往脸上补了一些粉,重新描了几下口红,直到服务员再次过来收拾桌子,她才盖上化妆盒,披上披肩,拎着小包走出了餐厅。她在门口停了停,望了望沿江路的两头,一直立在走廊上的咨客正想找点事情干干,走过来小声地问她:小姐,使唔使帮你叫车?她捋了捋被风吹乱的头发,说了声多谢,唔使啦,我行行先,随即穿过马路,朝海珠桥桥底走去。她知道那里有一个地铁站,但她不知道自己是不是要进去关照它。她不是上班族。她不经常坐地铁。

委托人不紧不慢地走着,小心地避开人行道上时不时冒出来的障碍物:几个四脚朝天的

---

① 永安堂一度为广东省总工会,附近的雕像即因此而立;1994年转为少儿图书馆后,雕像至今还在原来的位置。

黄色铁马，散落各处的还没有铺好的街砖，高矮不一的小沙丘和躺在上面的铁锹。该死的高跟鞋！委托人有些后悔今天穿得太正式，她只想到了西餐厅的舒适，却没有料到要走去桥底就必须穿过路上的市政工程。本来嘛，她也可以像来时那样打车回家，但她现在不知道该跟出租车司机说去哪里。她不想马上回家，也没有心思逛街，地铁站就在前面，也许只有它能够接受自己的无目的，甚至允许她一直待在月台哪都不去。月台上要是没有人的话，就只是一个没什么东西可看的公共场所，如果老那么待着会让地勤人员产生怀疑，她也可以随意跳上开往某个方向的列车，坐几站然后又倒回来。她一想到自己成为了地铁中唯一一个盲目的乘客，忍不住笑了笑，脚步也跟着轻松起来，但看上去并没有迈得更坚定。的确，对比刚才在西餐厅，她现在的犹豫跟她果断的性格是有些不符。要是在月台碰见熟人，问她今天为什么想到搭地铁，或者再来一句此行何处，她的解释可能会引起对方多余的猜测，在心里打上好几个问号。不过呢，我们完全不必替她担心，从她找丁先生办案这一点来说，她的社会关系比我们以为的简单，经常在一起说话的几个姐妹也都到了不用挤地铁的水平，她不觉得会在地铁里撞见熟人。

好不容易把那些障碍物抛在身后，委托人的头顶突然噼里啪啦下起了雨，同时还夹带着一股股不知道从哪个方向吹过来的风。雨并不是垂直落下的，也不像浴室的花洒那样保持均匀的流量和节奏，它一会儿从北边斜插过来，一会儿又飞到南边，如同一架架战斗机朝地面疯狂扫射。委托人现在距离地铁口大约还有三十米，她如果能用几秒钟冲进去，估计还不会全身湿透，但这就要看她脚上的高跟鞋配不配合。眼前的那段路虽然不在施工范围，但也算不上平坦，海珠广场公园式的绿色景观努力营造一种自然的变化，高跟鞋很难顺利越过那些起伏不平的地面。委托人一早估计到自己穿不过这道雨幕，赶紧躲到了离她最近的一棵树下，还下意识地把包举到头顶。就在她庆幸自己做出了明智选择的一瞬间,大雨和狂风再度联合发起了第二轮攻击,目标自然就是她头顶的这把大伞,它本来多少还起点作用,但她没有想到,当风吹打过来的时候,这些保护她的一簇簇树团再也兜不住超重的雨水,硬撑了几秒之后终于放弃了自己的责任。她的头发先湿了,接着是披肩,往下就是裙子和高跟鞋。裙子紧贴在她腿上,透出了里面的粉色;高跟鞋看上去就像两艘遇难的海船,一半浸在水里,一半成了容器,雨水不停地往里面灌,又不停地往外溢,她的两只脚感到了格外的冰凉。

就这么一会儿工夫,委托人的双眼已经被一撮撮湿透的头发滴下的雨珠弄得模糊不清,她使劲撩了几下头发,抹了抹脸,也不管雨是不是下得比起先更猛,嗖的一下就朝地铁口冲去。她的踏浪式的动作吸引了远处桥底下几个避雨的骑车人,他们惊讶的目光一直追随着她,等她进了地铁口才慢慢收回。

两列对开的列车同时到达,放下几个又带走几个,空空的月台上现在只剩下委托人,她坐在冰冷的不锈钢条凳上,咬紧牙,铆足劲,用两只手去拧干披肩,直到水滴在脚底形成一片水洼,再用披肩去吸干头发。她的头发昨天才整过,经她这么一吸,乱得有些不成样子,像是刚刚跟人激情过(不不不,她不敢往那边想)。弄完了头发,委托人又将高跟鞋从湿漉漉的脚上脱下来,从包里翻出一包纸巾,连抽了好几张,先是抹干自己的脚,接着又去抹高跟鞋的鞋里。就在她时而弯下腰,时而又直起身做着这一连串动作的时候,从公园前开来的一趟列车稍稍停顿了一下,哼嗒一声就把门关上了。委托人听到这声音,下意识地朝离她最近的自动门转过身子,发现一个年轻女人紧挨玻璃站着,大半截身体镶嵌在一个四个边角呈圆角的框框里,就像以前艳芳照相馆橱窗里挂着的照片:身体朝着列车前进的方向,头却是拧向月台这边,眼睛直直地盯着委托人。她认识她吗?不。

委托人根本不认识这个年轻女人,也一时想不起会在哪里见到过她,但她可以肯定一点：对方既然敢一直盯着自己，说明不是她认识自己，就是自己忘了她是谁。她使劲地回忆着，从自己过去的同事到老公现在的同事，再到与老公经常往来的各种业务经理，甚至还想到孩子学校的老师和培训中心的兼职大学生，来来回回搜索了好几遍，怎么都想不起来。几秒钟静默之后，列车消失在隧道深处，月台复归平静，委托人将两只脚放回已经抹干的高跟鞋里，直起身子吁了一口气，眼睛呆呆地盯着刚刚那个门的位置。她调整了一下思路，仔细地回放刚才的画面，像摄影师对待一幅照片那样，只研究拍摄时的光线、色调和角度，不再去想照片上的人究竟是谁。她清楚地记得，年轻女人的目光并不是随意掠过月台，的的确确一直盯着自己，不然她的头就不会在列车启动之后还一直在转动，以九十度甚至大于九十度，保持着与自己的对视。是因为自己在看着她，所以她才看自己？嗯，不排除有这种可能。可是她马上又觉得这个判断没什么实际意义，她如果不看她，当然也就不知道她在看自己。在那一刻,月台上除了下车后匆匆离开的三五个乘客,坐在条凳上的就只有自己,或许她就是对自己被大雨淋湿后的狼狈样子产生了好奇,同时庆幸自己没有遭雨淋,不然也跟她一样成了落汤鸡。或许是。好奇与幸灾乐祸,委托人开始在乎起这一褒一贬两个词的相似性,她重新从包里翻出化妆盒,打开小镜子,看到自己除了头发乱了一点,脸上湿润了一点,与在餐厅时并没有什么不同,没有什么值得被人嘲笑。

委托人从未见过她,但这不足以证明她们之间没有关系,这个突然冒出的肯定性判断让她的意识打了一个结:这个年轻女人就是自己老公的情人,那个她始终没有见过的邮局柜台职员。这个结论一旦形成,委托人就后悔自己当时的注意力都在打湿的脚和鞋子上,无法确定年轻女人是在朝自己笑还是面无表情,唯一可以确定的就是她们的目光在那一刻相遇了,唯一让自己感到难受的是来不及给她一个回应的表情。

自从打算在丁先生面前给这件事情画个句号,委托人就再也没有想过要如何去还击一下老公的情人,她担心这样做反而会使两个人走得更近。她能再一次原谅老公,除了他经不起拷问,也跟她明白事件其实只是建立在一些关系组合或者排列组合上,也就是说,是乘法而不是加法运算的结果(乘法是:一个男人跟一个女人在一起肯定有问题;加法是:一个男人跟一个女人在一起就是一个是男人一个是女人)。如果她不留意鞋底的泥,甚至对邮局门前正在修路毫无印象,她就不会在头脑中不断放映丈夫幽会情人的画面。至于丈夫的确有一个情人这个事实,她也可以用眼不见为净来安慰自己。她记得丁先生当初就说过,男人心里想什么女人既然管不了,不如就不管。

但是,刚刚做出的判断彻底推翻了委托人在心里已经建立起来的解释系统,她不觉得事出偶然。如果说刚才的对视等于演出结束时的返场,是必须的或不得已的,自己的狼狈就在于对此毫无准备,对方却似乎成竹在胸。委托人不停地告诫自己不要再次踏入撤回案子之前的想象中，但那个短暂的对视中年轻女人不明确的表情还是被她定格成了好几个静态的画面，就像是相同大小的镜框里装着同一个人的不同表情的照片，构成了一套"笑的面谱"，有蔑视的笑，有怜悯的笑和自信的笑。还有什么？委托人不敢再想下去。

　　支持委托人下此判断的依据还有列车的方向，它从三元里下来一直朝万胜围开，再过三个站就是晓港，晓港的站口一出来就是邮局，因此年轻女人要回去上班，搭乘地铁是最便捷的。委托人一想到邮局，差不多要熄灭的无名之火又被煽了起来，从心窝里一直往上蹿，最后烧遍了整个大脑。她使劲地搓揉了几下似乎有些发烫的头发，把披肩随便对折了一下就往手臂上绕了几圈，站起身，看准了驶进月台的一趟列车，门一开就冲了进去。她的动作太快，差点就要撞倒一个正慢吞吞走出车厢的阿婆，她似乎听到阿婆骂了一句撞鬼咩，她装作没有听见，车门哼嗒一声，那个咩字的尾音留在了月台。

我们给委托人丈夫的情人起个名字吧,不然就只能一直叫她"情人"。"卢婷婷"怎么样?卢姓在广府地区也算个大姓,"婷婷"就更不用说,从幼儿园到中学,每个班至少会有一个婷婷,好记。委托人上车后,卢婷婷没有按照她的推理规划自己的行动,她在昌岗站提前下了车,出了站直接走进了珀丽酒店东侧的麦当劳,她想吃个甜筒再回去上班,她已经很久没有吃甜筒了。其实卢婷婷今天一直在上班,一大早就来到广大路的邮政支局参加越秀区和海珠区两个分局联办的技能培训,她作为年轻代表上台介绍了自己的经验,虽然只讲了五分钟,但还是赢得了一片掌声。看得出她的心情畅快至极,甜筒是她给自己的奖励。

麦当劳里人很多,大部分看上去都是被刚才的一场大雨给逼进来的,有的裤脚挽到了膝盖,有的不停地用餐巾纸去吸干头发上的水。卢婷婷走进公园前地铁站时晴空万里,走出昌岗地铁站万里晴空,对于这场雨自然是一点感觉都没有，她那会儿正漫步在五月花地下的繁华通道里，或者正等候在二号线公园前站的月台。列车到达海珠广场站时，卢婷婷看到月台上有一个浑身湿透的女人正在不停地用纸巾去吸干一双脚，吸完脚又去吸鞋子，于是她知道自己钻进地下后外面就下起了雨，估计下得还不小。

这雨下的，两个浑身已经湿透的男人坐在卢婷婷旁边，一边喝着可乐一边大声地议论这场雨，先开口的矮个子说的这句算不上对雨的形容，但琢磨起来似乎还带点埋怨，嫌这雨下得不够久；后面那位比他高的瘦子跟着直接来了一句"防不胜防"，虽然不好笑但还是把卢婷婷逗乐了。她今天已经是第二次听到同一个成语，第一次是在培训活动上，广大路的投递员讲起他工作中遇到的那些困难，举例说昌兴街的某个阿伯，有几天没有在习惯的时间内收到报纸便要投诉他，说他不把订户放在眼里，不把群众对社会的关注放在眼里。他还说，阿伯甚至以他住在象岗山的老友为例，说那么陡的坡，投递员每天都是推着单车准时将报纸送到他手上，人哋年纪仲大过你，你认真学下佢哪。卢婷婷听投递员讲起这个的时候直想笑，她笑的不是他用了"防不胜防"来形容想不到会有的投诉，她是笑这年头居然还有人对报纸这么在意。她自己每天在柜台接待的顾客都是一些老客户，也就是住在邮局周围，对邮局有感情的老人，他们就是存款，也喜欢存进开办还不到一年的邮政储蓄银行，觉得跟放在自己家里一样，可是说起报纸，好像没有人会像从前那样离不开它，订数也在逐年下降。卢婷婷本来主要负责营业厅的报刊征订，看到订户一年比一年少，甚至连美院那半壁江山都保不住，她就跟领导提出来，不如将报刊征订和集邮两个部门合并，这样总不至于整天无事可干。领导想了很久也想不出合并后的部门该叫个什么名字，但为了奖励卢婷婷这个好建议，他让她当了合并后的部门主管，附加条件是不给她派兵。哒唔哒？哒，冇问题。从那以后，卢婷婷不仅地盘大了，人也没有更累，她今天上午介绍的经验就是讲如何当好一名光杆司令,如何一个人干好几个人的活(她说她天生就不喜欢管人,但她没提喜不喜欢被人管)。

晓港站有两个出口,委托人既不看指示牌,也不跟人打听邮局是从哪个出口出,跟着几个阿婆直接上了自动扶梯,一出来才发现邮局是在马路对面,要走到它跟前必须绕远一点,往前走,穿过马路再掉头,要不重新回到地铁里找另一个出口。委托人既没有后悔也不打算做新的动作,她觉得眼下就这样远远地看住邮局也很好,毕竟她还没有想好去邮局要做什么。她背靠出口,面朝马路,一动不动地站着,好几辆出租车打着右转灯朝她开过来,见她没有反应又很快开走。委托人就这样一直站着,偶尔调换一下姿势,把重心从左腿换到右腿,眼睛却一直盯着邮局。她还没有想好行动的具体步骤,无论是为了证实自己的判断,还是直接对那个年轻女人甩下几句狠话,她认为现在这个位置有利于做出规划。如果最终也不能确认出一个最佳方案,只能就这么远远地用意念来控制这件事情,她认为从保护自己的角度来说,隔条马路反倒比走进邮局更安全。

马路上的车辆东来西往,说密集也不密集,总会留给委托人或大或小的间隙,留给她观察邮局的短暂机会,让她看清楚有什么人在那里出出进进,有多少人只是从门前经过。当然啦,假如委托人是想看清楚营业厅里面人物的活动,看清楚他们的动作和表情,这个难度就有点大,她的目光虽然足够锐利,但射程没那么远,而且总是被交叉对开的公交车打断,车身广告上的俊男靓女分布在除了玻璃和轮胎之外的所有地方,甚至有些脸蛋不得不跨过拼接口和凹凸面,不得不出现某种变形,或者比真人还要立体。委托人的脑子里现在全都是一些阳光下池水中张大嘴的表情,以至于当她终于能够将目光给回邮局时,竟然产生了一丝幻觉,分不清远处什么是立体的人,什么是平面的人了。

为了证实一下上面的描述跟在现实中相同角度的观察效果相差无几,就像白话里说的

"生得似个饼印",在不知道委托人接下来要怎么行动之前,我站到了她那个位置,像她那样朝对面的邮局望过去,这才发现我一直没有将马路中间的绿化隔离带考虑在内,而它们的高度事实上已经完全阻碍了观察的视线,以至于除了疯长的枝蔓间留出的一点点邮局的特征,比如同样的深绿色,什么细节也不可能看到。从讲故事的角度来说,我没有必要收回刚才的叙述,也不打算去修剪花木。按照事物发展的规律,这些绿化隔离带也许在2008年的时候才刚刚建好,或者根本没有什么绿化隔离带,间隔道路所用的只是常见的白色铁栏杆,它的高度只够到肚脐的位置,既不会挡住观察者的视线,也不会造成邮局门面的残缺不全。

太多的可能性。无论作者还是作者笔下的人物,受了无处不在的现代生活观念的影响,都相信故事的发展可以有多个版本。你可以相信卢婷婷走进麦当劳并不真的只是为了吃一个甜筒,她在犹豫要不要上去珀丽酒店的某个房间与情人见面。这也许是他们的最后一次幽会,几天前他在电话里跟她哭诉,说他的确很想跟她在一起,但他没有能力面对老婆的咄咄逼人。卢婷婷不像我们以为的那么开放,她的生活态度跟她的工作态度非常一致,既不想白白耗费日子,也不想强逼自己,所以她对于这个到目前为止还属于最看得上的男人,能够维持住的感觉就像在柜台面对不可能真有起色的业务,能做一点就做好一点,绝不勉强。

另一种可能性将会让卢婷婷远离故事的中心主题:她根本就没有把委托人丈夫对自己的追求当成认真的,尽管她意识到他一次次跟自己见面都是想让他的表达发生质变,但她同样是以看待工作——也就是邮政事业的前景——的基本态度,让这种变化仅仅保持在量的增加上。她从来不直呼他的名字,总是礼貌地叫他"吴先生"或"吴生"。因为这种亲切的距离感,他也从来不敢对她做出过分的动作,哪怕是摸一下她的手,也都是快要挨近的时候又缩了回去,或者就是停在那里,以一种不被对方觉察到的缓慢,放到早已经喝空的杯子上。当然啦,卢婷婷从来没有给对方造成两个人之间只是普通朋友的感觉，她和他都懂得异性之间经常见面的性质，往最低限度说，也算是能有个经常说话，但又并非无所顾忌的对象，这是与闺蜜、同事和同学相处时无法得到的一种感觉。大多数情况下，卢婷婷都是接受电话或短信邀请的一方，只有遇上某些特定的日子，比如评上了先进、从外地培训或开会归来，这种只有从单位才能得到的不多的福利，她才会主动发短信约他。见面的地点当然很少改变，这不是卢婷婷不想变（女孩子嘛，很难想象有谁能接受一成不变的生活），也不是对方缺少制造变化的能力，实在是卢婷婷聪明过人，她知道他想要什么，说到底就是某种值得他回味的感觉，如果她不想给他更多，那么光有一个"老地方见"就可以代替一切。无论如何，这样的一劳永逸的安排既不可能发生在异性同事之间，也一定不为恋人们所采纳。当然啦，缺少变化的见面地点有着潜在的风险，这一点我们都猜到了，它无疑增大了被暴露的概率，随后的见面也就变得危机四伏。六七个月后,吴太太终于收到风,她的先生经常在同一个餐馆约会某个年轻的邮局女职员。也许是出于告密者的谨慎,这个消息经过多重过滤,去到吴太太那里时女方的名字和长相都被抹去了,就连餐馆的名字也含混不清,不确定是叫"食为先""食惠鲜"还是"惠食佳"。这情形就跟在谍战剧中军统内部的排查一样,吴太太分析情报之后得到的结果就是:邮局的每一个年轻女人都有可能是自己老公的情人。

吴太(故事从这里开始正式将"委托人"改为"吴太",也就是白话中对"吴太太"的简称)在邮局的对面究竟站了多久,连她自己都不清楚,她的耳朵里现在全都是马路上车来车往的嗡嗡声,近乎麻木的两条腿也不知道为了变换重心交替过多少次,好在当地下有列车开过时,地面总是会震动几下,她的脚跟才有了稍微活动的机会,不然一直被高跟鞋顶着怪难受。最要命的是她的眼睛,虽然一刻也没有放松对邮局的观察，但是获得的信息相反越来越模糊，越来越少，仅存的那些画面也找不出什么价值。不用说，她没有看到地铁车厢里出现过的那张脸。事实上她也越来越明白，这么远的距离，那么暗的光线，任何一张脸看上去都是一样的，根本分不出年龄和特征。吴太想起整个下午自己所做的一切像是与丁先生调换了身份，以便补偿自己的决定带给他的损失。想明白了这一点，她感到整个人轻松了许多。她想起丁先生有几回说着说着就离开她的所托，大谈作为私家侦探的酸甜苦辣，说到跟踪取证时，他就往头上扣上他的标志性礼帽，站起身，竖起皮衣的衣领，手舞足蹈地表演起来，还说如果没有这点刺激，没有杜丘，没有柳云龙，这个职业他绝对干不下去。吴太现在终于明白，自己的冲动也不都是为了报复她的对手，从走出西餐厅那一刻开始，其实已经在慢慢地转换自己的角色（现在我们终于明白她为什么走到门口要朝沿江路的两头望了望），她表现出来的所有犹豫就是成为这个新角色的入门考试，甚至那场雨也不是无缘无故落到她头上的，不然它就不会来得那么突然，结束得那么干脆。

几分钟后，吴太的身影出现在邮政储蓄银行的大厅里。说是大厅，其实就是从原来邮局的营业厅分了半块出来，与银行之间并没有任何隔断，坐在椅子上等待叫号的人，可以观察到邮政那边的所有动静。吴太现在就坐在离邮政最近的长椅上，手里拿着银行值班保安派给她的号单，上面的数字是B67，号码底下标注的"等待叫号人数"是五个。任何有过银行排队经验的人都知道，根据等待的人数只能估算等待的时间长短，那些阿婆一去到窗口，没有大半个小时下不来。如果你的前面排着五个这样的阿婆，就得做好搭进半天时间的准备。唯一能够缩短这个时间的条件，就是有人要去小学门口接孙子，不得不中途离去。

和银行这边相比，邮政那边的气氛称得上肃穆，偶尔有人走进来，待在柜台前的时间也不会超过三五分钟。要是没有顾客来到，营业员就都静静地待在自己的位子上，就算站起来一会儿,很快又坐了下去。从银行这边望过去,如果营业员不是站着的话,只能看见他们的头顶,根本看不到额头以下。吴太对于自己所处的观察位置并不感到失望,或者说她一早就估计到了虽近犹远的结果。有那么一会儿,她甚至闭上了眼睛,把工作任务转交给了耳朵。她的确需要让眼睛休息一下,既然不可能根据小半块头顶来判断谁是那个小妖精,她就可以猜猜哪个声音像是她的,排除了男声之后,剩下的都是女声。理论上她应该特别留意清脆而甜美的声音,她相信自己的老公不至于为了偷食降低自己的口味。

的确就像我们估计的那样,银行这边叫号机像是休眠了一样,很久才跳出一个新的号码。吴太坐了将近一个小时,她的前面还排着三个号,这意味着她还要再等一个小时。她掏出手机看了一下时间,现在是四点三十五分,以她的经验,银行大约会在五点前拉下铁闸,但同时将保证无论多晚下班都服务到最后一个人,如果被关在闸内的人有足够耐心的话。

吴太知道自己一定会被关在闸内,同时也知道银行与邮政之间的那道不显眼的铁闸也会被拉下来,之后邮政那边将会是空无一人,自己的身边除了那个把守卷闸的保安,就只有一个几乎一直在睡觉的阿伯,他的单号估计是B66。吴太一想到半小时后的这个画面,想到那横向的通花卷闸不过就是侧着头看像极了的监狱栅栏,身体不由得一阵发抖。这个结果虽然不在她意料之外,一开始却没有考虑进整个计划里。在打算走进银行之前,她设想的经过可以说是既完美又能带来险胜的快乐:她走进银行,取了一个号之后坐在椅子上等待叫号(为此她只好开一个户头);从她坐着的位置可以看到邮政那边的每一个柜台营业员,她将在女性营业员当中认出地铁中的那张脸;她不会走过去找她(她没有报刊要订,也对集邮没有兴趣),她的目的就是要确认她就是她;当她确认之后,她会向银行这边的值班经理悄悄打听她的名字(她说她好像是她邻居家的亲戚,在一个婚礼上和她坐同一张桌子),她相信经理一定会同样悄悄地告诉自己她的名字（她不担心经理事后会告诉对方这件事情，谁都参加过婚礼，就算同桌的人互相都认识，也不排除她跟她认识的某个人长得很像）……

整整一个下午，卢婷婷都没有回到营业厅的岗位，报刊和集邮综合组处于营业员缺位状态。一旦有顾客闲逛到那个摆满集邮册的柜台前，不出声的话，离它最近的包裹员也不会起身过去招呼，连看都不会看一眼。他们不是不愿意帮卢婷婷，卢婷婷的升职也没有让他们眼红，毕竟在营业厅就数她最机灵，长得也最好，跟大家相处也很融洽，相互支援不在话下。说白了，他们和卢婷婷早就形成了一个共识：邮政事业的前景已经不是单靠服务质量就能打开的，必须来一次彻底的脱胎换骨，比如增加邮政的科技含量（尽管这非常不现实，除了不断更换设备，目前还没有发现能够让邮政变成科技分支的方法），让人们从崭新的角度将邮政重新纳入生活的主体，而不是回到它的传统功能之后投靠不同的竞争对手。在这样一个不算理论的针对现状和未来所做的分析之下，包括卢婷婷在内的所有营业员，甚至还加上他们的领导以及领导的领导，都在等待着自上而下的变化。如果说他们希望这种变化部分地也来自顾客的意愿，让他们越来越失去信心的恰恰是顾客的数量正在日趋减少。至于那些走过路过的算不算顾客，他们一致的回答是"不算"。

从麦当劳出来，卢婷婷没有像往常那样一直走在昌岗路的人行道上，为了避开堵在小学门口接孩子的家长，她拐进了细岗，这样走可以直接走进邮局的办公区。邮局的大门是朝西开着的，如果门口还停着一辆邮政车，那么人员的进出就几乎像躲在幕后进行。也就是说，如果卢婷婷走进邮局的时候吴太还站在马路的对面，她的路线就完全超出了吴太的视线范围。

为了回到柜台值班，卢婷婷先要去休息室打开自己的员工柜，换上一套工作服。休息室与领导办公室紧挨着，卢婷婷经过时被刚好抬了一下头的领导叫住了，他问了问她上午经验交流会的基本情况，还让她坐下来谈谈对今后工作的想法。卢婷婷虽然知道短时间内自己不会有什么新想法，但还是临时拼凑了几条，掰着手指——做了逻辑式陈述，没想到领导听完居然又大加赞赏，还当即抽出几张纸，要她把刚才的想法都写下来。卢婷婷再次受到领导重视，没有理由说不，只好坐在他的办公室，随便抓起桌上的一支笔，开始回想刚才自己究竟说了些什么，刚一写下开头，觉得不妥又划掉重来。领导随手递给她一支水，劝她慢慢来，不着急，起身离开了办公室。在替卢婷婷掩上门的那一刻，领导回过头丢给她一句话：婷婷啊，睇来第日哩个位你坐最啱。卢婷婷抬起头，瞪大眼睛，一脸茫然：咩话？①

---

① 粤语，意为"婷婷啊，看来以后这个位你坐最合适""什么？"

阿 七

虽说每个人都是自己活着,都相信自己有能力活着,但没有人会相信光靠自己一个人就能干成事,做生意是这样,搞音乐更是这样。阿七从一开始爱上音乐,就不是单枪匹马,他先是利用了家里人开的歌厅,其实就是在院子里摆一台电视机、一台功放和两个音箱,外带两个话筒,后来就拉上了阿六,两人一起学弹吉他,将港台金曲从邓丽君到刘德华全过了一遍,再后来就自己写歌,背着吉他来了广州,县城人所说的省城。

阿六和阿七,两个人的名字合起来就是"六七",这是他们为了在音乐上弄出点名堂设计的反经典招牌，比那种刻意的谦虚还要低调，近乎低贱①，所以很快就被接受，传播速度之快，连他们自己都没有想到。那些过去跟他们一起玩的兄弟，很快也改口叫他们"六哥""七哥"，只有他们各自的父母，每回见面，哪怕是感觉到他们比过去更孝顺了，更出息了，更受人尊敬了，总要先摇几下头，接着就是一声叹气，说好好的名字不用，非要整个难听得要死的什么六什么七，让村里人笑话。

阿六阿七呢，为了让父母能够想得通，每次写信回去，落款时就会在"阿六""阿七"前面加上自己的姓，说行可改名，坐不改姓，就当"黄阿六""王阿七"是小时候起的乳名好了。父母们也不好坚持，时间久了，也只好在回信时的信封上写上"黄阿六收""王阿七启"，反正能收到就行。

阿七比阿六小几岁，但这不影响他们成为小学和初中的同班同学。也就是说，阿七可能

---

① 懂粤语的人念到"六七"时，就会明白它里面含有自认倒霉的"糟糕"的意思。

占了出生月份的优势，阿六可能因为生过一场病耽误了上学。不管怎样，他们两个现在都好好的，虽然读完高中没有考上大学，但考上大学的那些同班同学，现在个个都羡慕他们一回到县城就被一大群人围住。再看看自己，顶多是扎个小圈子，认识的人都是原来认识的，发小或者同学，多出来的也只是后来讨的老婆和交上的女朋友。

和过去的那些同学相比，阿六和阿七的优势还不限于懂音乐、会表演，主要是他们知道应该走出去，走出去之后还记得把音乐带回来，这在长辈们看来倒是一种比给钱要大得多的孝顺。尽管他们未必能够欣赏那些用地方话唱的歌，也未必每次都去捧场，但他们走到街上一见到演出的海报，总要停下来看很久，就好像那是过去时兴的光荣榜。他们不听歌，却记得每一首歌的名字，这都是看海报看久了练出来的，阿六阿七为此感动不已。

县城里只有一个不叫剧场的剧场，平时除了开大会，还放电影和唱戏。按规定，剧场顶多容纳一百二十人,但每次阿六和阿七的演出都超出了这个数,舞台的边边角角和门窗边上都是人,台下更是水泄不通,如果尿急,只能大声喊水滚水滚,不然没有人给你让道。来看他们演出的大多是年轻人,甚至还包括小学生,有男有女,女的比男的还多。有一天,阿六就在那些非要冲上来跟他抱一抱的女孩当中相中了一个叫阿萍的,个子很高,长相相当出众,也不管她父母是赞成还是反对,就把她带到了广州,让她做了自己的女朋友,一直到现在都住在一起。

至于阿七,他没有想过为了不孤立自己也在家乡找女朋友。回到那种与生俱来、种豆得豆的现实里,自己家比较穷,找个更穷的当然不成问题,但这不符合艺术人生的理想(他的理想,说得夸张一点,就是最后的演出是在月球,不是什么金色大厅)。如果是家境好过自己的,他又担心处理不好跟女方家里的关系,所以最明智的选择,就是干脆拉大这种贫富差距,在广州找一个甚至不是广州的,两边都搞不清对方，根本无从比较，事成之后再拿什么来比也就晚了。阿六也赞成阿七这么做，但他同时也提醒他，外省的女孩心气高，广州的女孩不容易得手，无论缘分怎样，要搞定花的心思肯定会多一些，不过这也不要紧，反正你比我小。

有位搞艺术史的朋友说过，音乐家的浪漫不在于找多少女人，而是如何在作品中表现爱情。这句话其实等于没说，古往今来，有哪个艺术家不想在作品中表现爱情呢？当然啦，让一个没有恋爱过的艺术家去表现爱情也是不可能的，或者恋爱的程度也会直接影响表现爱情的深度。阿六比阿七早恋爱几年，所以他写爱情歌曲也比阿七早，唱得也更深情。但奇怪的是，阿七似乎比阿六掌握了更多关于爱情的理论，甚至对性的历史也有所涉猎。说奇怪也不奇怪，阿七因为没有女友又到了该有女友的年龄，加上平时喜欢看书，就找了一些这方面的书来读，从弗洛伊德一直读到罗兰·巴特，还能背出《恋人絮语》中的好几段。阿六作为他唯一的听众，也等于间接地接受了这些理论，当他意识到阿萍身上还保留着一些小县城的气质,对爱情的理解还处于原始阶段时,他就会把他从阿七那里听来的一些观点和分析巧妙地传达给她。久而久之,阿萍也时常会捡起阿七丢在排练间的书,无聊的时候翻一翻。当阿七好奇地问她能不能读懂时,她说每个字都认得,但意思不是很明白。

为了鼓励阿萍读书,阿六和阿七商量怎么样让她能够由浅入深,于是他们想到了先让她读小说。他们选了一个不排练的日子,带着阿萍来到了昌兴街的这间书店,据说这里的小说都是外国作家写的,五大洲,四大洋,什么派的都有,无论如何这都会对她的脱胎换骨起到事半功倍的作用。

书店里人很少,除了一个店员,就只有两个年轻女子,看上去像一对闺蜜,头挨头、肩贴肩地待在一个角落里。店员对于阿六阿七他们的到来没有任何反应,一直埋头敲着键盘,好像有什么紧急的事要马上处理。阿萍平时跟阿六逛商场时,店里总有人穿来穿去,店员也很热情，殷勤地为顾客忙上忙下，鞋码大了又进去库房换双小的，对比起这里特有的清静，她一下子感到了从来没有过的拘束。阿七观察到了阿萍的反应，就拿出自己平时逛书店的坦然，走到收银台问店员这里的书是怎样分类的，是按学科还是按作者，或者是按书名。当然是按作者，店员很肯定地说，好像这是一个天条，在哪里都行得通。哦，按作者，阿七应了一下，说那挺有意思。那么，他又继续问，是按中文笔画顺序还是按二十六个字母顺序？当然是按字母，我们这里基本上都是翻译作品，只能按字母。店员在原来同样的句式后面又补了一个解释，还特别用了"作品"来替代"书"，足以证明这里的书已经超出了商品的性质。这个回答让阿七非常满意，他谢过店员，就把阿六和阿萍带到了标有字母 A 的书架前，似乎是想从 A 到 Z 彻底将店里的书搜寻一遍。这当然是可以的，店里书本来就不算太多，这一点阿萍一进门都看出来了，这也是唯一没有让她感到有压力的地方。

第三天或者第四天，阿七独自一人又来到了书店。店里除了店员，照样还是只有上次看到的那一对闺蜜，这在阿七突然有的重复的感觉中又加上了某种诡异，就像时间停止了一样。他好奇地靠近这一对闺蜜，站在她们身后，试图从两个挨得很近的脑袋之间认出她们翻的是什么书。由于她们两个长得比他还高，除了闻到她们头发散出的香气，他什么也看不到。阿七觉得自己的举动有些失礼，趁她们没有觉察到，赶紧装出若无其事的样子，重新回到了收银台，向店员询问是不是那天买的书还有一本下册。

店员像是早有准备，转过身子从一个存放物品的架子上递给阿七那本他说的下册，说那天你们走得急，出了门我才发现你们忘了拿，可是又不知道怎么联系你们。阿七谢过店员，又问书店是不是有电话，有的话方不方便给我，有时候我知道了某本书，可以先打电话问你们有没有，免得白跑。有的有的，店员的语气显得比上次热情很多，她从抽屉里找出一张纸，在上面写下电话号码,还添上了书店的营业时间,以保证阿七打来时总是能够接到。阿七接过纸条,正要把它夹进书里,想了想,又把它交回给店员:要不把你的手机号码也写上吧,方便吗?我要是打来时你们刚好下班了,那我就可以联系你。阿七刚一说完,就意识到自己这么直接地问一个女孩要手机号有些冒昧,但已经无法收回了。好在店员很配合,说这样也好,到时有什么好书到了我也可以主动通知你。对对对,阿七如释重负,将写有号码的纸叠好,夹进书里,又弯腰帮店员捡起了刚刚滚落到地上的笔,直起身,顺手整了一下头发,跟店员说了一声谢谢,跟着又是一声再见。

从书店出来,阿七感觉整个人很清爽,他第一次感到了店员的善解人意,还有她的周到,他在心里告诉自己,以后要多来书店。

不,阿七当时并没有完全离开书店,他推开店门,在台阶上站了片刻,朝昌兴街两头望了望,从口袋里掏出烟,点上,一副憋了很久的样子。小街的路面上除了清洁工来回拉动着几个垃圾桶,没有多少人经过,阿七站到路中间,转身打量着书店的门面,第一次有机会真正留意它的外观:白色的墙壁上流淌着一些被雨水洗刷后形成的污渍,像是刚刚走下舞台来不及卸妆的大汗淋漓的丑角;深色的金属门框使书店里面的陈设像一幅霍珀画的室内场景,是那么安静,同时又显得有点神秘。就在这一刻,他发现玻璃门里面的店员抬起头朝自己看了一眼,那目光是怎样的,他没有办法穿过玻璃门的各种反射景象,从天光、阴影、单车和垃圾桶交织而成的拼图中辨认清楚。阿七下意识地掐灭了半截烟头,手指夹着它停了停,想了想,朝垃圾桶走去。他为店员做出的这个动作,无论她是不是讨厌抽烟,他相信是有意义的,总之就是对她抬头看自己的一个反应。在第一次的接触中,总要让某些东西留下深刻印象,阿七今天做到了,店员也做到了,而且不止我们看到的这些。

  一个月后,店员小文就成了阿七的女友,这完全在阿六的预料之中,就连阿萍也感觉到总会有这一天。最近这段日子，阿六阿萍发现阿七去书店的次数很频繁，每次去都笑嘻嘻地回来，每次都带回一大堆书。这么多书你看得完吗？阿萍问。书不都是用来看的，还可以闻。阿七不知道在哪里读到过这么一个说法，立刻就用上了。他从书上闻到的，从他真做过闻的动作来看，不光有纸的味道，油墨的味道，还有小文身上的气息。

自从小文成了阿七的女友后，他们四个人就经常聚在一起，有时是小文和阿萍陪着阿六阿七去排练间，有时就是大家轮着在他们分别租住的城中村的屋子里煮饭做菜。阿萍做菜很有一手，说是被她妈妈训练出来的，每次大家一起把菜买回来，扔到厨房后就什么都不用管，都她一个人搞定。小文嘛，虽然做菜一般，但她挺会收拾，第一次踏进细岗的出租屋，也不管阿七同不同意，就将里里外外整理得干干净净，所有东西都回到了该待和合适待的地方。阿七起初有些不习惯，为了找东西还耍过脾气，但他内心很感激小文，没有她，他的生活可能会越来越糟,也会越来越与过上小日子的阿六拉大距离。长远来看,生活质量的差距可能还会影响到两个人的合作,影响音乐的质量。毕竟他们已经有了一个很好的开始,有了经纪公司,演出不断,粉丝与日俱增,虽然挣的钱还不够多,但他们已经很知足,不能因为生活混乱无序而把前途断送。

按照文学在主题上不言自明的那种高度,即通过迟疑、失落、假想、侥幸、放弃等归结为对"失败"的不懈追求,形成它与实际生活尤其是生活理想的差距,接下来的故事也应当转入对爱情生活的需要和需要的不能满足的表现。如果说现实生活中的确也存在同样的情况,即每个人都会在爱情面前表现出来的因为需求不同而产生的情绪变化,时不时显得乏力和停滞不前,那也只能说,这正是人们愿意读小说,同时也愿意尽可能地改善自己的爱情生活的文化上的双重性:爱情在小说里,小说也引导着爱情。不过,话又说回来,由于阿七过于清楚自己的性格，过多地爱好各种知识，接触各种人，他开始搞不清"爱情"和"爱情生活"的关系。说到底，这跟他实际的恋爱无关，完全是他的求知欲带给了他麻烦。

阿七住的地方离美院很近，穿过马路就是。只要有那么点时间，不排练或者不演出，阿七就会在美院走几圈，串串画室，听听讲座，把放松当学习。经过几年的改造，校园比从前小了一些，但基本格局没有变，从适合散步这一点来说，海珠区除了中山大学就只有美院和它后面的晓港公园了。阿七不喜欢逛晓港公园，他不喜欢每走几步就碰到跑步和做健身运动的人。但是，和美院比起来，小文说还是更喜欢中山大学，因为那里面不仅大树参天，还有开阔的草坪，坐在草坪上看着远处林荫道上走来走去的人，谁是教师谁是学生，一眼就能分清楚。阿七恰恰不认同这一点，或许因为他自己没有上过大学吧，他说他就喜欢美院这种学生不像学生教师不像教师的感觉。为此，他和阿六还专门结识了几位一边做装修一边上课的教师，去他们家里欣赏他们配置相当昂贵的音响设备，JBL4344 录音室监听音箱，Makrlevinson 前级配搭 Mclntosh MC1000 后级，同时满怀期待地往 Studen730CD 机里塞进六七乐队的新专辑。不管怎么说，阿六阿七在美院很快产生了小范围的名气，一些年轻教师建议他们底下那些不安分的学生，如果想让作品更有力、更接地气，就多听听阿六阿七的歌。

除了做音乐，阿七没有正式工作，但他的生活作息十分接近他作品中表现的那些上夜班的工人，经常是不到凌晨三四点不睡，不到下午两三点不起。小文不止一回说过他，但也拿他没办法，自己要上班，又还没跟他住在一起，没法时刻管住他。

今天终于能和昨天不一样了，不用排练的阿七一如既往地睡到下午五点，穿上衣服和鞋子，往头发上喷点摩丝，几分钟后就出现在美院的校园里。一些不认识他但他经常见到的老先生在收发室门口寒暄，手里拿着报纸，或者正要拆开一封信。公告栏里贴满了展览海报，而这回引起阿七注意的是压在它们上面的带有黑色边框的讣告，它以简洁而沉重的应用文句式宣告一位德高望重的老艺术家的离去。阿七知道这位老艺术家，不久前还在地摊上捡到过他的一本画册，他的画有点像现代派，只是还不那么彻底。这没什么。这已经够了。阿七挺理解比自己早得多的探索者，他甚至很羡慕他们成长于一个能够将毕加索当成革命斗士的年代。某一天，同样是在那个地摊上，他从捡到的一本小册子里惊奇地发现，延安鲁艺曾经举行过毕加索画展，那一天是 1945 年一月 1 日。当然啦，所谓画展展出的一定不是原作，但能看到印刷品已经很不错了。那是一个怎样的年代啊！阿七经常就这样对历史发出莫名其妙的感叹，以至于小文都觉得他比她更适合在书店工作。

阿七在校门口的小广场上停留了片刻，没有见到能够打招呼的熟人，年轻教师或同乡学生，就穿过那座超过五十年历史的红砖楼，进入一条阴森森的小路。路旁的千层树像一群被抽干了油脂的老人,直立着伸向天空,这里凸出来一点,那里凹进去一点,以卷曲而细密的纹路向路人诉说着自己的不幸。阿七摸了摸这些顽强而无所顾忌的千层树,从自己的爷爷一直想到美院的老先生。他们每天都要在这条道上走好多遍,步子慢得出奇,阿七每回见到他们,总会毕恭毕敬地点点头,放慢脚步,就好像自己曾经拜倒在他们门下。当然啦,这都是以前的事,现在的阿七只会在那些偶尔翻到的画册里与他们重逢,他想为他们写一首歌,但他觉得自己还没有非要走进那种他不喜欢的怀旧,再等等吧。

经过图书馆,对昂首挺胸的鲁迅雕像稍微表示了一下敬意,阿七就来到了足球场的看台边上,这里似乎是他每次散步的终点,也是他走向教学楼的起点。一场教工队的非正式比赛正在进行,阿七站在用水泥砌成的观众席上,离球员们很远,仔细地一个个辨认,没有在他们当中发现有自己认识的人。他正打算离开,腾的一声,那个刚刚还在传来传去的球突然飞到了他脚下,像是阻止他离开的一道命令。阿七踮起脚尖,身体后退了一下,一飞脚就把球踢回了守门员那里,让所有球员不得不回头看他,目光中带有令他骄傲的惊讶。其中一个矮个球员,胖得像球一样能够在地上滚动,远远地朝阿七小跑过来,气喘吁吁,一边擦汗一边用白话对他说,你咁犀利,咁你帮我顶住先,我唞一阵。① 阿七二话不说,把外衣脱下来交给矮个球员,叮嘱他我手机在口袋里,帮忙照看一下,小跑几步就站到了球场上,成了教工队的临时队员。

阿七加入球队后,比赛其实只进行了半个小时,最多一堂课的时间,其中有几名球员,像是刚刚毕业留校的研究生,不想错过将要在七点钟开始的一场讲座,中断了这场没有结果的比赛。阿七听说有讲座,也没有问是什么人讲什么主题,就跟着大家一起先去公共浴室冲

---

① 粤语,意为"你这么厉害,那你替替我,我休息一下"。

了个澡,擦干身子,穿上外套,摸了摸口袋,手机还在,他放心了。

当我陪着让-菲利普走进阶梯教室的时候,里面已经坐满了人,所有人都望着我们走进来的方向,甚至出现了一点点骚动。我知道,大家不是冲我来的,而是仰慕这位大作家,争先恐后地要一睹他的风采。的确,让-菲利普的黑色外套,光头,还有他超过一米八的个子,都带给我们的新文学一种说不清的可信赖的感觉,于是旧文学自动变成了过时的和不被待见的。我将让-菲利普安排到第一排留给嘉宾的位子上,坐在他旁边,不时起身把头转向后面,想看看那些我认为一定在场的听众是不是没有让我失望。多年来,我一直在扮演一个"使者",把罗伯-格里耶、图森,还有艾什诺兹请到讲台上,目的就是尽可能广泛地传播他们的文学观念。从信息的角度来说,这些观念当然可以从书里和报刊上读到,但当一个活人连同他的思想(还有他表达这些思想的语调和动作）一齐摆到我们面前时，感受还是会跟在纸上接触到的不一样。我想，让-菲利普也很明白这一点，所以我们在规划行程事项的时候，一定会首先考虑讲座，同时也会考虑每一场讲座的不同听众。比方说，在美院的这次讲座，让-菲利普给出的题目是"文学与电影"，这是他从他的实践中所能找到的他作为作家与艺术的唯一关系（电影是"第七艺术"）。他本来也可以讲"文学与当代艺术"，不过他认为他这方面的实践才刚刚开始，还不足以构成可展开的体系。

在此之前，我并不认识阿七，所以我不知道他坐在第几排，或者他根本就没有找到座位，只能站在走道上，或者就靠在门边，在我们刚刚进来时跟主任握手的位置。这没有什么，阿七想，至少他是在现场，他听到的一点也不比台下有座位的人要少。而且，如果互动环节请听众提问，他相信他高高举起的手能被正对着他的我一眼看到，他相信我会抢过话筒，上前几步递给他，而让-菲利普可能也会侧过身子望着他,一脸的满足和好奇。阿七想提的问题,不会像那些没有读过让-菲利普小说的学生那么傻,这个自信他从来都不缺少,并为此而感到了一丝按捺不住的激动。几天前,阿七恰巧就在书店的字母T中发现了《浴室·先生·照相机》,不等小文推荐,他自己就先被书名击中,买回去从头到尾读了不下三遍,他欣赏书中主人公的生活态度,至少,他对阿六和阿萍说,既不那么卑微,也不装腔作势,可以当作人生榜样。

出了美院的大门往西,不足两公里就是鹤洞桥,桥下有一片开阔的空地,远远地就能看到上面摆满了胶合板折叠桌和塑料椅,这是精明而又神通广大的老板搭建的一个排档,以"河畔海鲜"的招牌吸引不想早睡的各路神仙来这里宵夜。我和让-菲利普,还有翻译李娜,还有阿七和他的两个队友,我们找了一张桌子,在带扶手的塑料椅上坐下来,一边等待着服务员送来炒河粉、烤生蚝和白切鸡,一边欣赏着鹤洞桥四周的夜色。讲座结束时,阿七来到讲台，费了好大劲才赶走了围在让-菲利普身边的女生，继续将他刚才提出的问题做了深化，他担心翻译没有准确地理解他的意思，或者是让-菲利普起初的回答没有特别让他满意。看得出来，让-菲利普对补充阿七的问题表现出莫大的兴趣，同时还很好奇地问他是做什么的，大家就这样算是真正认识了；就这样一起走出了阶梯教室，走出了美院。现在是晚上九点多，不到十点，我们需要一个向导，以便找到一个餐馆，补上讲座前落下的美餐（按照罗伯-格里耶的说法，讲座前的美餐是令人沮丧的，因为它无法让人安心享用，我和让-菲利普完全认同），于是阿七就担起了这个责任，替我们叫了一辆出租车，自己和队友上了另一辆，朝鹤洞桥方向开去。

这一晚的收获是巨大的，从不关心音乐的我不光知道了六七乐队，还从阿七这里知道了另一支乐队"五条人"，还确定了让-菲利普的录像《逃跑》就选鹤洞桥底下的这片空地作为其中的一个场景。阿七听说有戏可演，劲头就上来了，主动提出扮演剧中的搭客仔，说自己很会开摩托，不光起步快，还可以正反三百六十度打圈。让-菲利普认真地上下左右打量了一下阿七，说你太瘦了，我想要一个胖子，不过到时你可以表演一下你的高超技巧，也许我可以临时改变主意。

不一会儿，老板过来了，后面跟着一位呆头呆脑的服务生，往桌上摆满了我们点的东西，除了烤生蚝、干炒牛河和白切鸡，还有炒田螺、美极鸭下巴和羊肉串。一直在旁边站立的啤酒小姐全副武装，上身蓝白相间或红白相间紧身衣，下身超短裙，腰间系着海外游客喜欢系的钱袋子，争相推荐着她们代理的不同牌子的啤酒，青岛、珠江或百威，有时还主动凑过来喝上几杯，使劲挤出酒窝夸奖让-菲利普长得帅，恭维阿七英俊潇洒。啤酒是让-菲利普的至爱（足球也是），但他从未经历过这样的场面，尤其没有见过啤酒也可以现场推销和竞争，小姐如此热情洋溢。欧洲有选美比赛吗？阿七突然冒出的问题一下子跨过了好几个时区，他想从这位比利时人口里证实一下女人与商品的关系历史是不是最早从西方开始。"选美"怎么说？李娜一时找不到一个准确对应的法文词，于是阿七站起身，用两只手托起自己的胸，做出走秀的台步，还不停地将脖子挺直，往左往右，很有节奏地甩动了几下。香奈儿？让-菲利普似乎明白了。Non，李娜说不，不是香奈儿，是香港，香港，明白吗？很多女孩子，她指了指身后的啤酒小姐，不是为了推销衣服，是推销自己。也不是为了推销啤酒，让-菲利普开了个玩笑，他终于明白了什么是阿七说的"选美"，还明白了广东话里"香奈儿"跟"香港"一样都发 Hiang 的音。他举起酒杯，又侧身问李娜"女孩子"广东话怎么说。李娜说叫"女仔"，阿七纠正她，说无论老少美丑一概叫"靓女"，于是让-菲利普就用他勤学苦练培养起来的学习中文的自信心，再次将酒杯举起：靓女干杯！已经退回到远处的几位啤酒小姐，以为是在招呼她们，就笑嘻嘻地再一次凑过来，往杯子里倒满酒，跟大家一起喊干杯干杯。其中一个短头发的，的确长得还不错，故意紧挨着阿七，而阿七的左手也有意无意地顺势贴紧她的腰，两人对视一笑，右手挽右手，举起酒杯，向让-菲利普示范了一下什么叫喝交杯酒。

起初大家还只是用菠萝形状的酒杯斯斯文文地喝，啤酒小姐上来后，杯子也完全搞乱了，分不清哪个是哪个，于是阿七带头直接用瓶子喝，让-菲利普和其他人也都跟着他举起啤酒瓶，先是将它们碰得噼啪咣当响，然后像吹冲锋号的士兵一样，叉起腰，仰着头，咕噜咕噜，咕噜咕噜。白色的酒沫从让-菲利普的嘴角开始顺着脖颈一直流到了衣领，并从衣领开始像山泉一样顺着锁骨一直往下，流到最后被衣服吸收，被汗毛阻挡。现在，不光桌子上的啤酒瓶趴下了，阿七和他的两个队友也趴下了，他们的头枕在桌子边上，头发浸泡在由一半固体一半液体组成的奇妙图案里。在他们的脚下，散落着一群溃不成军的空瓶子，有些相互靠紧，像一对失散多年的兄弟，有些又借着谁的脚力,轻轻一碰就像逃兵一样滚出了这个战场,最后哐的一声,被远处另一张桌子的腿截住。

阿七完全记不清自己是怎么回到细岗的出租屋里的,是自己爬上来的还是被人扛上来的,总之回来了,没有躺在医院就算万幸。第二天一大早,阿六毫不费力推开了阿七的门,一眼就看到了从卫生间门口伸出来的两条腿。他俯视着平躺在马赛克地面上的阿七,踢了踢他,死尸般的身体没有任何反应。他喂了一声,又踢了几下,起先纹丝不动的身体终于侧转了一下,但显著的变化只是平伸的两条腿屈了起来,整个身体缩成了一团。阿六扶起这个倒在战壕里的将军,很严肃地对他说了一句:今天应该做什么你知道吧?

小 文

　　小文来书店工作之前，跟所谓的文学圈、读书圈并没有什么接触，她是上网求职时才知道有一间这样的书店。面试前，她准备了一份很详细的简历，还特意在"特长与爱好"一栏里填上了"音乐"和"表演"，想证明自己虽然没有在文化行业干过，但过去在学校是文娱积极分子，毕业后拉拉杂杂也干过不少工作，其中就有电子分色输出公司，这应该算离文化最近的行业。书店负责人接过她的简历，只瞟了两眼，就搁到一边，直接问了她一句喜不喜欢写作。这个嘛，小文显得有些为难，她不知道该回答是还是该回答否。负责人看出了小文的为难，重新拿起她的简历，换了一种说法：你看呀，我们这是书店，肯定是跟文字打交道比较多，来的人也肯定是喜欢看书的，如果你有写东西，对工作的感觉就会到位一点。小文点头说是。当然啦，负责人的重点在后面，我们也不想招一个作家进来，毕竟每天的任务是值班，不是搞创作。小文从负责人的话里听出他是要她如实介绍自己没有反映在简历里的文学程度，就说上初中时作文经常被老师拿来表扬，但从高中到现在一直没有什么机会写东西，除了像求职报告这种。她指了指负责人手上的简历，看着他又将它轻轻地放回一边，心里扑通扑通，生怕他对她说好的，我们考虑一下，这句话她这个月不止听过一次，不然她也就不会坐在这里了。

负责人将简历塞进一个卷宗，拉开桌子下的铁皮文件柜，将卷宗摆放在最下面的一层，抬起头，面带笑容地望着小文。他的这种笑，小文从一开始到现在还是头一次看到，摸不准是出于礼貌还是用来调节气氛。小文有些惊慌，以为等待她的是跟前几次面试一样的结果，只不过眼前这位面试官更加友善，用词更加委婉。无论如何，只要不是说好，说 OK，再委婉的说法结果都是一样的。

小文估计错了。她不仅被录用了，负责人还把第一次上班的时间定在了当天下午。小文啊了一声，很快又明白自己无法拒绝，立刻向负责人回了一个灿烂的笑容，好的好的。你放心，负责人不无关心地补充道，今天虽然只有半天班，但工资还是算全天的。小文不知道是该说谢谢还是说不，总之她被录用了，这是事实，也是她这个月第一次行好运。

书店的工作看上去十分简单，负责人只教了不到半个小时，小文就全部掌握了值班的操作要领，还懂得了图书陈列的基本方法：按作者的姓氏从 A 到 Z 一直排下去，在同一个字母中，思想和哲学排在前面，接着是历史、政治、文学和艺术。我们没有生活类图书，也没有畅销书，负责人特别强调这两点，同时眼神显出很踏实的骄傲，他应该不是第一次跟人这么说了。小文的聪明在于懂得告诫自己不该问为什么的时候就不要问为什么，应该在工作中慢慢掌握那些特定的原则和规律。也许就是她很快表现出来的这种觉悟，让负责人时不时多看了她几眼，比之前的目光带有更多欣赏的意味。当然啦，对于负责人来说，这也许同样是一个新的开始，因为之前的店员不是毛手毛脚，就是一门心思只想借值班的清闲搞文学创作，这让他十分苦恼，一度想将书店关闭了事。现在好啦，小文不仅聪明，不仅不会迷恋于写作，长得还很漂亮，这对于书店来说再合适不过。

在成为阿七的女友之前，小文用小本子悄悄记录了他来书店找她的次数，她想用这个来检验阿七对她的用心是不是够深，看看他是不是把自己摆在比音乐还重要的位置。我们不得不佩服小文的敏感，因为阿七并不是在取那本下册之后马上提出要她做他女朋友，他至少有三五次都是以一个普通读者的身份走进书店，只不过一次比一次说的话更多，一次比一次更靠近小文，有时还主动帮助小文处理类似于打包、盖章这样的小事情。有一次，小文要赶在邮局下班前寄一包书给读者，而接班的店员又还没有到，阿七只用了两分钟就学会了如何扫码如何收款，在小文去邮局时，充当了一会儿书店的临时工。

小文前脚刚走，艾米和辛迪就边说边笑进了书店。看到阿七坐在收银台位置，艾米说了句怎么换人了，阿七赶紧解释，我只是替一替，她马上回来。艾米和辛迪对视了一下，似乎明白了眼前这位临时工与小文的关系，就走到了靠最里面的沙发上，像是在歇息，又像在等人。

现在，书店里一下子多了许多人。小文从邮局回来了，接班的店员也到了，阿七还没有走，野山就推门进来了，跟着他进来的还有投递员。小文显得有些手忙脚乱，她要把今天的账目跟同事交代清楚，尽管没有多少，但一分也不能错。这些事情阿七并不能帮上手，倒是他一直站在旁边让她有些不自在，她既不能无缘无故地搭理他,又不忍心把他撂在一边。她还没有等到阿七的表白,这种模糊的关系会让她难以面对老顾客和同事,要是再碰上负责人回来,那就更麻烦了。想到这里,小文情急生智,对接班的同事说,麻烦你顶顶,我去一下洗手间,于是同事就坐到了刚才小文坐的椅子上。小文刚走到洗手间门口,谭明珠也推门进来了,说楼上跳闸了,不知道问题是不是出在书店。

小文进了洗手间,关上门,掏出手机给阿七发短信,请他帮她去北京路的科技书店文具部买一盒回形针,要大的那种,不带颜色的,看好了告诉她大的回形针比小的究竟大多少,现在就去。外面,正愁找不到一个合适理由来让自己待得自在的阿七打开了正在震动的手机,他没有去想为什么快交班了还要回形针,以为这一定很重要(细节决定成败,书上就是这么说的),就回了小文一句好,没有跟任何人打招呼直接走出了书店。留在店里的人,各自处于互不相干的事情当中:谭明珠拉着野山去检查每一个插座，看看是不是真的连接了大功率的电器；艾米和辛迪在跟投递员打听现在寄一个挂号信多少天到达；接班的店员反复核对着一堆数字，同时还要签收投递员不时递给她的汇款单、挂号信和印刷品。我们不知道小文在卫生间里一直站着还是顺便也解决了一下，她的紧张和淡定应该是交织在一起的。她不希望阿七那么快就买好了回形针，她还没有收到他的短信，向她报告经过仔细比较之后最大的回形针的尺寸。她看了看一直在静音的手机，没有阿七的信息，她放心了。既然同事已经接手了所有的工作，她便可以赶紧离开，去路上挡住正要回书店的阿七。

这一天应该是相当有意思的，值得纪念。小文沿着阿七进出书店时习惯走的那条道，一直走到了科技书店，阿七还在货架前低头寻找着，他实在没有发现尺寸不一的两种回形针。小文走过去对他说，算了，明天去别的文具店买吧，我已经下班了。阿七应了一声，这才意识到自己是第一次跟小文待在书店外面。虽然科技书店也是书店，但对于他们两个来说就是另一个公共场所，是可以离开书和工作谈谈其他的地方。阿七想起科技书店的隔壁就是太平馆，就小声地对小文说，要不我们去隔壁吃个西餐吧，我请客。你想啊，小文既然想到了这么一出注定是要在外面再次见到阿七的计策，她能不愿意吗？就这样，两个人一前一后离开了科技书店，拐进了隔壁的太平馆。快要进门时，走在后面的小文还特意朝新大新百货方向望了望，想证实对面的确没有自己认识的人，这个动作对她来说，至少现在是必要的。

　　阿七选了餐馆靠最里面的四人座位，自己背靠着一排装饰壁板，让小文坐在他对面，这样他不仅能正正地欣赏小文，还能远远地观察到外面街上的动静。他这样做，可能是出于对小文的保护，毕竟他们这是第一次单独坐在外面，他也还没有对小文说我爱你。至于能看到外面，观察不同的人，猜测他们的身份和社会关系，这是他已经养成的好习惯，不然他的歌中就不会有那么多的活生生的生活。

这个钟点的餐馆人客最多,里面坐满了,外面还有人在等着叫号。说话声,咳嗽声,勺子碰到碟子发出的叮当声和切牛扒的摩擦声,此起彼伏,以高于六十分贝的音量干扰着阿七和小文的对话,于是阿七建议小文干脆坐到自己这边,共享一张软皮双人沙发。小文没有半点忸怩,从座位上站起来,又把包递给阿七,当她转身时,差一点撞倒正从他们桌旁经过的服务员,他的右手正举着一个托盘,上面搁着两杯没有站稳的红酒,像一对激情荡漾的情侣,眼看着摇晃了两下终于又站稳了。

我们没必要听清两个人整晚都聊了什么,从他们各自的表情就知道聊得很愉快。两个人说得差不多同样多,只是阿七说话时的动作幅度比较大,一会儿侧身,一会儿又把手搭到小文身后靠背的边缘上。起初小文还会在他的手臂伸过来的时候往前欠欠身子,但没多久她就完全把头发贴住了阿七的手臂。再到后来,阿七利用还能弯曲自如的手腕,用五个手指轻轻地揉弄着小文的头发,不断地来来回回,就好像它们属于靠背的一部分,动作是那样自然,所起到的效果两个人心里都很清楚。

今天是星期六,太平馆打烊的时间比平时晚一个小时。当阿七和小文起身离开时,里面除了坐在外间显得有些不耐烦的三两个服务员,一个客人也没有。阿七和小文轻手轻脚弓下身子离开餐馆,快到门口时丢给服务员一句唔好意思,就走上了同样没有什么人的北京路的北段。

夜幕下的这一对情侣此刻再也不像来时那样一前一后了,阿七用右手轻轻地搂住小文的腰,见小文没有躲避,于是就把她搂得更紧了,还顺势在她的额头上吻了几下。为了冲淡他以为会出现的尴尬和紧张,阿七贴近小文的耳朵,神秘兮兮地告诉了她一个重大发现:你注意没有,那一对闺蜜和作家刚才就坐在靠门口的位置,那个叫艾米的好像还一直朝我们这边看呢,你注意到没有?我背对着外面,怎么看得到呢?小文回答。不是,阿七显得有些兴奋,不是那会儿,是我们坐在一起的时候。那又怎样？小文用她水汪汪的眼睛注视着阿七，尽管现在已经是晚上九点，或者接近十点，但街上微弱的灯光还是能照出她瞳孔的晶莹剔透。没什么，只是说说，我以为你看见了呢。

如果不论及情感冲突，所有的恋爱经历都是差不多的，所以叙述这晚的故事对喜欢编故事的我来说一点也不困难。当然啦，我也可能忽略或省去了某些细节，比方说两个人吃饭的具体动作，是不是阿七不停地往小文的盘子里添菜，而小文也不断地做出够了够了的反应。在我看来，这一类描写对于一个试图揭示爱情的不确定性的文本并不重要，只会勾起每一个有相似恋爱经历的人不必要的回忆。说这种回忆无限美好的人一定还在紧张地准备着不同阶段的结婚纪念，另一些则可能陷入了深沉的思考。我们的主人公当然不属于这其中任何一种，他们要面对的是如何相处的问题，就像任贤齐歌中提到的容易和太难。至于容易在哪里，太难又在哪里，每个时代的人感受都不一样，但只有到了这个时代，它才真正成了一个问题。阿七和小文属于比他们晚出生的人无法理解的时代，他们还会互相给对方写信，信中还会保留一些只有他们前面的一代人才会有的甜言蜜语。但正是这些甜言蜜语，使他们的通信越来越难以插入实际内容，至少是找不到恰当的起承转合。阿七虽然写了不少爱情歌曲，但他表现的不是自己恋爱的感受，也不是站在小文的角度表现她的感受。怎么说好呢，他好像是把自己的恋爱生活排除在他用书本和观察积累而成的典型性外。六七乐队早就规划好，要把目光投向城中村、地铁口和工厂，投向那些地位卑微的打工人群。当然啦，作为一种艺术上对批判现实主义的果断选择，他们的规划并不显得特别新奇，某些北方的乐队同样在朝这个方向追求，只是比他们要略显沉重，缺少他们作品中的鲜活和刺激。小文当然很同意他们的选择，甚至一心照顾阿六的阿萍也明确表示理解和支持。阿萍和阿六在一起生活超过了五年，很快就七年，尽管她不懂得什么七年之痒，但她也不时地表示出希望两个人能尽快结婚，这是她家里的意思，也是她目前唯一可以努力的目标。每当阿萍和小文聊起这些时，小文就想到了自己，想到了阿七总是在她面前躲避着未来，他躲避的方式并不是岔开话题，而是引经据典，把从书上读到的句子用到现实里。比方说，他最喜欢引用的就是某本绘画技法书上所写的艺术家不能结婚，一结婚艺术就完蛋了。当然啦，他会说这不是书里的原话，但大致意思就是这样。这让小文怎么回答呢？自己就是在书店工作，顾客不多的时候也会翻翻货架上的书，的确店里的书似乎很少有支持爱情至上的，更别说什么大团圆结局，就算涉及男女关系，也都是些离奇古怪的东西，比方说一个男人偷窥自己的妻子，最后却什么都没有发生，读到的只是一些不断重复的动作和莫名其妙的意识。阿七的歌似乎也很受这类书的影响，他会在一首叫作《一只大头鞋》的歌里写一双鞋子总是有一只的鞋带松了又被绑上，绑上又松了，翻来覆去没有别的。当然啦，小文是明白这样做的意义的,毕竟书店里不止一本这种感觉的书,它们不可能在文学上一无是处,也许没有它们文学才没有意义,但她就是不愿意阿七把这些植入到和她的相处中。这个道理其实很简单,她相信阿七比她更懂,光用他经常说的现实主义创作中的"艺术源于生活高于生活"就可以反证出艺术是艺术,生活是生活。

昨天,或者是前天,小文已经被阿七气得记不清日子了,只记得当时书店外面天色越来越暗,霓虹灯越来越亮。她给阿七发短信,问他记不记得明天是什么日子,阿七没有回她。小文以为他是在排练,于是就跑到门外给阿萍打电话,问她阿七和阿六是不是在排练。阿萍那头传出来一阵锅铲在锅里来来回回翻动的唰唰声,还有她说话时好像给烟呛住了,声音断断续续,但小文还是得到了阿六在家今天没有排练这个答复。小文回到店里,两眼死死地盯住手机,希望上面赶紧出现一行字,哪怕简单得只有两三个都好。她不想给阿七打电话，如果打了他不接，只会让自己更不开心。她就这样拿着手机，低着头，一直呆呆地坐在收银台位置，有人推门她连头也不抬一下。进来的不是别人，正是隔三岔五总要在这里与艾米和辛迪会面的野山。想到野山如此殷勤地招呼两个其实不可能带给他希望的女人，小文心里更不是滋味。野山怎么说也是一个作家，只是名气还没有打出去，他能够如此地关心两个得不到的女人，为什么阿七就做不到呢？

　　晚上下班后，小文忍不住还是拨通了阿七的手机。电话那头传来十分嘈杂的声音，有普通话和白话，英语和别的什么语，还有杯子碰杯子和椅子倒地上撞倒酒瓶子的声音。这已经不是阿七第一次因为喝酒而怠慢自己了，小文对着手机大声地喊你在哪里你在哪里，而阿七似乎已经喝得不省人事，比过去任何一次都要严重，只听到他含糊不清地嘟哝着别管我别管我你管我在哪里，然后手机似乎就掉到了地上，很快就啪的一声，没有了任何反应。

每一个清楚自己因为喝醉而耽误大事的人都懂得事后补救，给已经得罪的一方打电话或者上门道歉，但是阿七整个晚上什么消息都没有，既没有打电话，也没有回到他租住的屋子里。小文又打给阿萍，说不好意思这么晚还打搅你们，请问有阿七的消息吗？阿萍说没事没事还没有睡，就跑去客厅问阿六知不知道阿七平时都喜欢跟哪些人喝酒，知道了就可以给其中的某个打电话。阿六说，我也整晚在等他的消息，也搞不清楚他究竟是跟哪帮人在一起。看到阿萍一直在替小文着急，一直在电话里对小文说别急别急，阿六放下手中的工作，一个一个地再次拨通他认为有可能知情的各路熟人的电话，但得到的都是否定的答复，于是就对阿萍说，要不你过去陪陪小文吧，别让她出什么事，于是阿萍就在电话里叫小文等她一下，还说没事没事，总会找到的，总会回来的。

小文不是那种想不开的女孩，她只是感到很气恼，倒不会去做让自己吃亏的事，什么摔东西啊，撕衣服啊，绝对不会。阿萍本来就知道小文性格随和，见到她就更放心了。两个女人挤在一张沙发上，将一张薄被盖住膝盖，各自手里握着一罐啤酒，眼睛虽然一直望着电视机，但聊的都是跟节目无关的事情。阿萍甚至还有意不提阿七，也不提阿六，生怕小文将两个男人加以比对，引起不必要的感叹。她们的话题，主要围绕书店和昌兴街，阿萍聪明地把握着这个方向，配合着小文以工作中的存在感战胜情感生活的失落。当小文提起书店负责人时，阿萍就用略带神秘或诡谲的目光，问小文负责人是不是对她有那个意思。小文也不回避这个话题，她从自己面试的那天一直说到现在，话语间对负责人不无尊重，但同时又否认负责人对她的关心是出于爱慕。对于这一点，阿萍表示非常认同，不过她也提醒小文，尽量少跟负责人单独接触，这只会对她有好处，对她和阿七的感情有好处。

两个女人聊着聊着，任由电视机不断重复着减肥药的购物广告，就在沙发上不知不觉睡着了。第二天一早，阿萍被一道阳光刺醒，她起身走到窗前拉上窗帘,转头看看小文,她正睡得踏实呢,头埋在抱枕上,从侧面看嘴巴几乎给弄歪了。阿萍光着脚,不带声响地走进厨房,给小文煎了两个鸡蛋,煮了一小锅牛奶,还往牛奶里掺了几勺麦片。做完这些很熟手的事情,阿萍穿上衣服,一只手夹紧包包,另一只手拎着鞋,依旧光着脚,步子又慢又轻,生怕碰着什么,走去门口扭动门把手。当身体完全离开了屋子后,她回身将门轻轻带上,尽量不让那些五金构件发出声音。这是周末的早上,楼道里一个人也没有,只听到几声小狗的叫声。阿萍坐在楼梯梯级上开始穿鞋,将运动鞋的鞋带一节节松开,以便轻易地往里面塞进自己的脚。阿萍心想,这一夜不光对小文,对她和阿六也同样重要。

阿六和阿萍

阿萍从小文那里出来的时候,阿六也正在走去地铁站,他想看看阿七是不是已经回到细岗的出租屋里,是不是真的喝醉了真的没有其他。现在还不到早高峰,月台上没有什么人,车厢里人也不多,冰冷的长椅上点缀着几个脑袋耷拉下来的乘客,个个都做出一副没睡够的样子。阿六在靠近自动门的位置坐下来,看了看隔得很远的同伴,也慢慢地闭上了眼睛。阿六的姿势很放松,但他并没有真正睡着,至少他的耳朵还在工作,不放过车厢广播报出的每一个站名,同时还要分清楚它说的是已经到达还是下一个站到达。广播的语言总的来说还算简练，但阿六的耳朵做不到只听白话，还不得不装进男女声交替的普通话和英语，这样就给分辨究竟是已经到达还是下一个站到达带来了一定的困难。好在阿六就坐在自动门旁边，可以清楚地听到它打开时的哗嗒声，就算恍惚了一下，也可以一转身冲向月台，就算下早了，还可以坐下一趟，关键是不能坐过站，那意味着事先安排好的一切都得重来。

从昨天晚上到今天凌晨，阿萍在靖海路那边陪小文，阿六一个人在万胜围这边的屋里待着，有大把的时间睡觉，但一想起晚上还有演出，白天还要排练，阿七却下落不明，他就没法真正睡着。阿六在心里不断地巩固着一个结论：阿七肯定就是喝醉了。但喝醉之后去了哪里，他能想起的是细岗的屋子、酒店、医院和别人的家，其中最不愿意被证实的就是去了医院，这不仅意味着阿七的醉酒严重到危及生命，还包括进医院意味着一连串的复杂程序，挂号、验血、留观、等结果，这些事情或许已经在别人的帮助下顺利完成了，但这家医院会在哪里呢？如果不知道阿七是在哪里喝醉的，那么广州所有医院的急诊部都有可能在半夜里接收了他。阿六一想到医院，就感到一阵紧张，同时理智又提醒他不要过于紧张，也许阿七并没有严重到要被人抬去医院，也许他早就自己回到了细岗的出租屋，只不过手机没电了，别人联系不到他，他也没法联系别人。是的，情况也许就是这样。当人喝醉了之后，别说是给手机充电，能爬到床上而不是躺在地上就已经很不错了。阿六自己也喝醉过，他知道在这件事情上每个人的情况都差不多，阿七更不用说。

除了自己，还会有人更紧张阿七的下落不明，这一点阿六早就估计到了，但他没想到自己是被这个人的电话叫醒的。电话是六点左右打来的，打电话的是经纪公司的小丽，一个能干而漂亮的女孩，六七乐队所有事务的全权代表，也是公司老板唯一信任的二号人物，所以阿六昨晚满世界找阿七的第一个电话就是打给她，所以除了小文和阿六，就她最关心阿七的下落。两个人在电话里交换的信息价值等于零，一个不比另一个知道得更多。阿六向小丽保证，他现在就去细岗找阿七，他相信自己的直觉。如果他不在呢？小丽问，听上去她并不是不相信阿六的直觉，而是想知道如果阿七不在细岗他将怎么打算。阿六听懂了小丽的意思，他本可以说如果阿七不在细岗今晚的演出只好取消，但他觉得自己对这场赌博有绝对把握，因为他了解阿七，他不止一次地向世人证明，自己能像孙悟空一样在关键时刻发挥超能力，这一次就算他一直躺到明天，也会复制出另一个自己，踩着时间点出现在舞台上，还能做到好像什么都没有发生过一样。

　　阿萍与阿六几乎同时下的地铁，只不过各自处于二号线的不同始发站，阿六在万胜围，阿萍在靖海路。如果他们还能够同时坐上第一班车，如果两列对开的列车在运行当中不发生故障，或其中的一列不故意减慢速度，两个人将会在各自数过来的第六个站相遇。这个站就是鹭江，六七乐队排练房的所在地，阿萍熟悉它，阿六就更不用说，他们闭上眼睛都能走到出口，也经常将月台作为约会之地，在那里决定晚餐的菜谱，然后一同去市场采购。阿六背着吉他，阿萍拎着菜篮子，两个人站在月台上的形象都过于典型，过于与众不同，正是这一点让他们感到谁也离不开谁。

对于爱情生活所带来的这些变化，阿六一开始并没有估计到，也可以说是幸福来得有点突然，这让他常常想起阿萍当时上台拥抱自己的情景，他不知道自己是被她的热情征服，还是音乐本身所蕴含的热情将她征服。像她这么出众的女孩，既然能够勇敢地冲到舞台上，她对音乐的感受力就应该在所有同龄人之上，甚至就应该不知不觉成为乐队的成员，站到台前而不是躲在幕后。

每次提起这件事，阿萍就表示其实自己也觉得很神奇。当时她是被几个姐妹硬拉着去的剧场，她们一早就知道六七乐队，自己却连民谣是什么都不懂，只是跟着她们一起在台下闹腾，随着节奏摇来摇去。阿萍认为阿六唱得比阿七好,理由是他唱的是什么她都听清楚了,不光咬字准确,歌词本身也让人明白易懂。当然啦,阿六在舞台上的动作看起来也比阿七稳重,或许他们是商量好了要在台风上有所区别,但阿萍就是看出这还是他们各自性格的自然反映。至于那个晚上自己为什么会被姐妹们推上台,上了台又大胆地去拥抱阿六,阿萍说,这完全是鬼使神差。可能是她们觉得你长得比她们漂亮?阿六认真地开了一个玩笑,再一次肯定了自己的眼力。也许吧,阿萍的脸上同样不无骄傲,也许她们觉得我个子高,去到台上会显眼一些。的确,当后来阿六带着阿萍离开粤西的县城上广州,来送行的姐妹们都没有忘记送上她们的嫉妒,说早知道有这一天,那晚就不推你上去了,吃大亏了。

当车厢广播报出"下一站鹭江"时,阿六只花了几秒钟就在头脑中回放了上面所描写的画面,他的记性不如阿萍,但那个拥抱之夜总是很神奇地反复出现,而且他还发现,画面所表现的是只有台下的镜头才能有的观察角度。

他从来没有看过阿萍的姐妹们在台下拍的记录拥抱的照片,却能够想象拍摄的位置和角度,这再一次证明真实性指的就是事物在被观看时能够拥有多个具体的角度,同时也意味着它所看到的事物将随时发生偏移和被遮蔽。根据这一点来看所谓真实,"不存在"的结论就完全站得住了。

借助于主人公意识中不易觉察的某种滑动,叙述的矛盾也理直气壮地从作者的观念中跑了出来。文本的力量不是靠曲折的情节,现代小说的典范早已证明了这点,但是明显的差错又如何呢?它出现在灵感和粗心的交汇之处,让人进退两难。虚心的作者有时也心存侥幸,看准机会给自己设定一个将错就错的理由:除了打破常规,有意无意制造的误差也许能使故事突破重围,伸展到一个事先无法预料的结局。在那里,我们的主人公不得不相信,事物的改变既不是主观因素导致的,也不受客观因素的影响,一切都归根于事物发展的一般规律。

当我在前面一章的结尾部分写下"第二天一早,阿萍被一道阳光刺醒,她起身走到窗前拉上窗帘"时,并没有想到如此亮堂的时刻会是几点,但从二月的一般天气来看,没有可能早于六点,也许八点过后,无论你提不提,阳光都会照进屋子。我坚持要让阿六和阿萍同时走向地铁站,却又让阿六这头处于早高峰之前,目的除了想给他们一个相遇而不能相会的短暂时刻(我不知道"相遇"与"相会"是不是同一个意思),还包括想将月台和车厢描绘成一个寂静之地,以区别于我们对这类公共场所的一般印象。当然啦,我也可以让阿六过了八点才去地铁站,进入车厢时根本找不到座位,鼻子还不得不直接对着前面的后脑勺。早高峰的拥挤画面除了反映出城市生活的紧张节奏,并不能刻画好阿六想尽早找到阿七的心情。而且,八点过后,阿七也可能自动醒了,被外面的声音吵醒,或者同样是被阳光刺醒(尽管这在以握手楼著称的居民区不太可能),

根本不需要阿六进到屋里将他扶起。

我不能倒回去修改阿萍拉窗帘的动作,我觉得阿萍需要那道刺眼的阳光,但是这里的确存在时间上的误差,也就是叙述上的矛盾:一个八点多下楼,一个六点多出门,不可能同时走向地铁站,除非是后者中途开了小差。如果读者不那么细心的话,这个误差不会造成阅读的障碍,而细心的读者也可能认为这是作者有意为之,就像某些不合理的拼贴画一样。不过,既然我一再强调不存在真实只存在真实性,就有理由将阿萍离开小文住处前的这个画面重写一遍,甚至不考虑怎么进行上下文的衔接。在这段新的文本中,阳光还在,拉窗帘的动作还在,但是时间改变了,随着它而改变的还有场景的虚实关系。

在阿六强迫自己努力睡着的那几个小时里,阿萍和小文还在靖海路那间同样是租来的房子里继续聊天,聊着聊着就在沙发上不知不觉睡着了,没有关电视,也没有关灯。准确地说，小文屋子里的灯是二十四小时一直开着的，她喜欢灯光带给她温暖的感觉，喜欢各种物体被明显地分为亮部、暗部和中间调子。第一次走进小文的屋子，阿七便以赞赏的目光肯定了她的这种爱好，他在美院的蹭课中了解到的还不止明暗调子，但他说这是最基本的，也可能是最神秘的。为了证明自己的说法有根有据，阿七举例时提到了拉图尔和伦勃朗，他喜欢前者多于后者，小文刚好与他相反。

屋里的吸顶灯和光管是小文的上手租客遗留下来的，既不漂亮也不难看，起码能够让屋子足够亮堂。为了完好地展现一幅画，小文在画的左右顶端另外装了两盏射灯，使这幅画的主体更加突出：一道阳光穿过树丛射进屋子里，停止在一张沙发的中段，把原本就是暖色调的绒面照得通红透亮。这幅画看上去像一幅静物画，或者更属于爱德华·霍珀擅长的室内场景，着重描绘事物在空间中的静止状态。不过，懂得看画的人一定会指出，这种过分显眼的暖色调不是画的全部，在阳光够不着的沙发的另一头，隐隐约约还可以看到上面坐着两个年轻女人，个头一般高，穿着式样差不多的黑色连衣裙，身体紧挨着，给人感觉非常亲密。这张画比屋子里唯一的窗户还大，正对着沙发，就挂在电视机的右上方，也就是窗户的左边。阿萍进来的时候之所以没有留意到它，可能是电视机屏幕的光亮度太强，又或者她以为那是一面镜子，反射的正是她和小文坐在一起的动作。

按照"生活模仿艺术"的观点，屋外的阳光再怎么强烈都不如这画上的更吸引人，学过艺术史或懂点艺术概论的人将从这个近乎常识的角度去赞扬画中的太阳和光线，同时小心地避免说出"画得像真的"。阿萍从来没有留意过自己在评价艺术尤其是音乐方面有没有说错话，有没有被人嘲笑，这不是她态度好，实在是她没有这方面的意识。在她的心目中，事物的好与坏一眼就能看出来，就像唱走调了一张口就能听出来一样，不需要什么知识。那些书本里经常跳出来的知识，专业人员用来防身的专业术语，从尊重它们的角度来说，阿萍认为只是用来解释直观感受的，根本指导不了欣赏作品。听到阿萍这么说，阿六和阿七同时惊呆了，但很快就鼓起掌来，说阿萍真是天才，三言两语就把事情说透了，再多的知识，放到她面前都显得苍白。

经过一夜姊妹般的长谈，阿萍和小文一致感觉到整个人舒服多了，身体也更加放松，不知不觉就倒在了沙发上，睡的时间不长，但是质量很高。阿萍醒来的时候，太阳还躲在地平线之下，但是室内的光线很充足，原来是一直没有关灯，特别是那两盏射灯，像两个火球一样包围着一幅巨大的画，就在正对着沙发的电视机的右上方，跟画作一起占据了大半个墙面。阿萍正琢磨为什么昨天晚上没有看到这幅画，突然间她被画中最暗的部分吸引了，那上面分明藏着两个年轻女人，穿着同样的黑色连衣裙，相互倚靠着，感觉十分亲密。如果她没有猜错的话，这画的应该是艾米和辛迪，小文常常说起她们，顺带还提到野山，他们是书店的常客，但关于他们的故事不止这些（小文不是一个爱八卦别人的人）。

艾米和辛迪之所以显得那么黑，除了她们身上的黑色连衣裙，主要还是经不起旁边强烈阳光的对比。阿萍虽然不懂得用比"对比"更准确的专业术语去形容绘画上用得最多的表现手法，但她明白道理就是这么简单。她摸了摸画布上刻画阳光的几道笔触，发现厚厚的颜料堆成的凹槽里积了一层灰尘，她贴近它，鼓起腮帮子吹了吹，灰尘就像被唤醒了一样，顿时在射灯的照射下活蹦乱跳。阿萍发现自己的好心只是让灰尘搬了一次家，就不再做无谓的努力，走到窗户那里拉上了窗帘。现在还不到六点，她想让小文再好好睡睡。

听到车厢广播报出"鹭江"，阿六也不管是已经到达还是将要到达，使劲甩了甩头，用手在脸上摩擦了几下，就当是赶走了全部的睡意。做完这些动作，阿六从座位上站起身，自动门也跟随着他的动作咔嗒一声，张开双臂欢迎他抵达最熟悉的月台。阿六正要走出车厢，忽然意识到自己是要去细岗找阿七,找到之后再回到鹭江的排练房,于是他收回脚步,重新坐回刚才的椅子。此时,从三元里开过来的列车也驶进了月台,透过乘客们上上下下时留出的间隙,阿六看到了一个熟悉的身影,站在车厢里,和他一样靠近自动门,一只手抓着吊环,正望着自己这边。阿萍?没错,就是阿萍。阿六还没有坐到椅子上,立刻又站起身,朝对面使劲挥手,他想喊阿萍阿萍,却碍于是在公共场所不敢出声。他看到阿萍也在乘客的移动中寻找间隙,同样张大嘴,似乎在喊阿六阿六,同样没有发出声音。阿六想冲出去,打着手势示意阿萍赶快下车,但两列火车几乎在同一时刻合上了自动门,哐嗒完了,安静了六七秒之后毫不留情地朝各自的前方开去。在越来越快的空间切割中,月台没有了,两个人再也看不到对方了。

一对恋人在地铁站里隔岸相望,如果不是事先约好,概率应该是很低的,所以我们把这叫作巧合。发生巧合的要素是时间，如果不同方向的两辆车不是分秒不差地同时抵达月台，就算阿萍的确就在那辆车上，阿六也不可能看到她。按照上一章阿萍被阳光刺醒的描述，她下楼那会儿时间已经过了八点，阿六应该正在细岗的出租屋里劝说阿七，让他无论如何都得给小文去个电话，所以他不可能出现在地铁车厢里。为了制造阿六和阿萍相遇而不能相会的残忍现实，刚刚重写的那一段把阿萍拉窗帘的时间提前了两个小时，但我不知道这样做的意义，不知道其中有什么暗示。当然啦，从文本所追求的力量来看，为了再一次切入伤心这个主题，阿六和阿萍的故事不会止于这个早晨。

从万胜围地铁站出来，阿萍先到菜市场转了一圈，她习惯了逛早市，对新鲜的食材有一种天生的敏感，说是妈妈传给她经验也不假，但她的确还花了一些时间研究菜谱，懂得用科学的方法对食材做细微的甄别。阿六如果哪天起得早，也会陪着阿萍逛早市，看着她左挑右拣，跟档主讨价还价，自己能做的就是提着那个沉甸甸的菜篮子，像个帮工一样跟在阿萍的后面。有时阿萍会故意考验一下阿六的眼力，问他你觉得哪块肉更好，阿六只好说你觉得哪块好就哪块好，听你的。

阿六不是在说假话，也不是在恭维阿萍，他的确很佩服她在生活上的决断力，不光买菜，就是采购其他东西，他也发现阿萍的选择和选择后的毫不犹豫也是天生的。有一次，为了考考阿萍，阿六将已经买回来却还没有拆封的新吉他放到她跟前，同时拿出乐器行的商品目录，让她猜猜买回来的是哪把。阿萍不害怕这样的考试，她往那些相差无几的图样扫了几眼，果断地做了指认。阿六摇摇头，连箱子都不用打开，就给了她一个满分。问她是如何猜中的，阿萍笑笑，第六感，女人的第六感，你永远搞不懂。

阿萍拎着菜爬上楼，打开门就见到餐桌上的杯子底下压着阿六留给她的纸条，告诉她自己去细岗找阿七了，看看他是不是已经回到屋里，是不是真的喝醉了。今天除了排练，还有晚上的一场演出，所以两顿饭都不能和她在家里吃，如果她愿意，可以在演出前来现场附近和大家一起吃。演出的规模不大，但是挺重要，他希望她能到场，毕竟她也很久没有看他们演出了。阿萍笑笑，摇摇头，将纸条用磁吸按到冰箱上，跟那些同样大的纸条排在一起。每一个纸条都是以"亲爱的萍"开头，内容则五花八门，一致的意思都是阿六不能在家里吃饭，落款的位置是他画的一个心，个别的还添上了几道光芒，看起来就像钻石图案。阿六买不起钻石，他相信这些图案会让阿萍开心。

当晚的演出是在商场顶楼一个空置的大厅，四周是各式各样的小商铺，一些开着，一些关着，开着的里面也只有店员。演出的海报从一楼一直贴到顶楼，人们就当它是指示牌，沿着它就能走到大厅门口。现在离演出开始还有两个小时，六七乐队那些追随者早已占据了大厅里最好的位置，有的在毛衣外面套着一件印有"六七不等于四十二"的T恤，有的手里拿着还没有启封的唱片。小丽领着一班助手在散落各处的器材当中穿来穿去，时不时差点就被弯来绕去的电线绊倒，她一边抬起脚，将高跟鞋重新扣回脚板底，一边不断地往门口张望，她还没有见到阿六和阿七，她知道他们已经出发，但是这么久了还没有到，别又弄出什么幺蛾子，她在心里祷告着，还好，她的忍耐还没有到极限。

在细岗的出租屋里，阿六的确是费了很大的力气才把阿七从卫生间的马赛克地板上扶起来，刚一直起他又倒了下去。阿六索性坐到沙发上，一个劲地对着阿七大声说话，把一天中的所有安排重复了无数遍，还特别强调阿七必须尽快给小文道个歉，打电话没用的话，我宁愿陪你去找她，总之必须今天解决，不能拖到明天。阿七装作什么也没有听见，但还是自己从地上爬了起来，摇摇晃晃地完成了出门前要做的一切，洗澡，刷牙，换衣服，还不忘记往头发上喷摩丝。阿六坐在沙发上，看着他完成这些动作时像在打醉拳，忍不住想笑，说你就这样上台倒也蛮好,哪天再配上一首醉酒歌,你就可以名正言顺地喝下去了。

一小时后,两个人肩并肩走出了地铁站,目的地从鹭江改到了书店。一路上阿六都在教阿七怎么跟小文道歉,说除了哭,什么方法都可以。阿六自己很少有机会要向阿萍道歉,但他掌握了不少道歉的方法,这是他从中学时一次不成功的初恋中练习到的。除了向阿萍交底,阿六很少在人前提及自己的初恋,但是再怎么不提,阿七也是知道的,因为他们是同班同学。阿七正是因为目睹了阿六屡屡收获到的伤心,才下决心不去爱班上的女生,这跟他不愿意在县城找女朋友是同样的道理。阿六既不反对也不赞成他这样的道理,他知道阿七不缺少被女生喜欢的魅力,他缺的是让爱情持久保鲜的态度和方法。每当阿六将话题引到这方面时,阿七就会重重地往他的肩膀上拍两下,然后吐出两个字:呖仔[①]!

时间已近中午,阿萍简简单单地为自己做

---

① 粤语:意为"聪明的小伙"。

了两道菜，将它们摆在平时用来搁茶盘的小桌子上，又从阳台上拿来一张矮塑料凳，就这样解决了一顿午餐。阿六在家的话，阿萍可不这么简单随便，她把放置大桌子的客厅叫作饭厅，每次开饭前，她都会先清空桌子，在上面铺上一张整洁的台布（这张台布是她和阿六一起在宜家精心挑选的），然后将碗筷按照餐馆的标准摆放。两张餐椅虽然样式不同，但椅背的高度一致，这也是她从排练间的杂物房里专门抢救出来的。餐后的水果每顿还都不一样，总之不会像餐馆那样一年四季都是西瓜。虽然阿六表示一样也无所谓，但阿萍对水果的要求是必须时令才行，这是她坚守的健康原则，就像阿六对乐器也有原则一样。

　　阿萍端着饭碗坐在矮塑料凳上，想起了小时候跟着父母在镇上生活的情景。父母文化程度不高，但懂得做生意，当然啦，也不是什么大生意，就是租了一间铺面卖点糖烟酒和日用品。铺面不算大，平时吃饭就只能在外头摆一张小桌子，吃完饭阿萍就在上面做作业，她的孝顺和勤奋就是这个时候养成的,也只有在这种半露天的条件下,她才可能观摩母亲是怎样做饭,怎样把那些完全想不到有关联的东西搭配在一起。至于搭把手洗菜洗碗,那就更不用教了,她把这些都看作比上学更开心的事情。但是现在呢?阿萍端着碗,一直就这么端着,好像没什么胃口,她的目光也一直停留在那张大桌子上,呆呆地看着上面堆放的阿六早上来不及收捡的东西,一顶演出时经常戴的帽子,没有合上的手提电脑,只喝了一半的啤酒瓶,空的烟盒,这些是从她坐着的角度仰视到的,如果站起来,还能看到其他。阿萍本来应该一回到屋子里就着手收拾这些东西,但不知怎的,她第一次感到有些打不起精神,又或许是这些凌乱的东西至少还能让她感觉到阿六的存在,她需要他,就像他也需要自己一样。

好不容易将不多的两样菜吃完,阿萍简单收拾一下,脱下做饭时系的围裙,转身就进了卧室。昨晚跟小文的聊天很有成效,但怎么说还是睡得不够,如果晚上真要去看阿六阿七的演出，现在就得补充一下，哪怕只是躺在床上把身子放平了，也会让精神充足一些。

从书店出来，阿六对阿七说的第一句话就是"做女人真不容易"，他指的是孕妇何曼丽，不是小文。你看，小文没事啦。阿七当然听懂了，但是他装作理解成阿六是在说小文。他这样泰然自若，意思是女人的情绪同样也像刚才那首歌唱的，说变就变，既可以马上变好，也可以马上变坏。对啊，阿六接过阿七的话头，说变好变坏就看你怎么对待。阿七笑了，说马上就把这句做成一首歌，变好变坏就看你怎么对待，犀利！

现在，故事看上去很像一幅拼贴画，画面上的人物虽然处于不同空间，但相互之间被某件事或某个状态牵扯着，很难从单一的线索去讲述。在我的构想中，几分钟前，阿六和阿七刚刚目睹了何曼丽被一封信击倒的经过，他们用一首歌去安慰她虽然起到了止疼的效果，但事情毕竟不是他们以为的那么简单，他们也从来没有感受过音乐还真有介入生活的作用。他们这种直接而即兴的表演,在旁人看来,像极了宝莱坞或好莱坞的歌舞片,作为一种特别的艺术形式,或许以后还可以借鉴一下,用来丰富舞台或干脆走出舞台,这就是他们从何曼丽这件事情里受到的启发。他们的确还尝试过在舞台下跟观众做些互动,的确还跟经纪公司探讨过如何突破演出的陈旧体制,甚至借用了当代艺术中某些混淆真实与虚构的手法,去证明音乐表演其实可以走得更远。公司的态度通过小丽的转述让他们心服口服:舞台的现实就是它被分成了 DJ 台、表演区和观众席,适当的互动也只是为了使表演进入高潮,跟外部的现实应该始终保持距离,从而获得一种间离效果,除非发生意外,比如有人突发急病,突然停电,或者突然接到一个中止演出的行政命令。是的,这很现实,两个人一致表示同意,但真正让他们认同的是小丽提到的"间离效果",它再一次地把艺术的表现价值摆回到了"真实性"这个位置。可能的话(阿六阿七在赶往演出现场的途中一直没有停止过讨论真实与真实性的问题),他们更情愿今天发生的事跟真实一点关系也没有,仅仅是时间在某个点上让巧合发生了。

在远离昌兴街的万胜围,城中村的某间出租屋里躺着阿萍,她想睡个回笼觉,却一直没有真正睡着,她的脑子被一些想象的电影般的画面占据:开头是小文躺在沙发上的固定镜头,跟她离开时一模一样;接着又是阿六从地上扶起阿七的推拉镜头,越来越清晰地刻画了阿七脸上混沌的表情;这两个镜头还没有完全消失,马上又叠入了阿七跟小文赔不是的长镜头,摄影机架在运转自如的吊臂上,跟随着阿七和小文的移动,甚至还刻意给了小文手里拿的那本书一个特写。阿萍想象这些画面时显得比叙述者还要全知全能,但其实她只不过是屈从了自己的意识,一种被延长了的"视觉暂留",几个小时之内她能找到的稍稍有别于平常的生活,而这些意识又的确是受了推动意识的媒介物电影的影响。每当阿六要排练或忙于演出的时候，阿萍一个人待在家里，有了空闲就会翻出阿六收藏的那些电影碟片，保持着一天看一部的进度，跟着它们不同的主题和人物的命运，让自己的情绪跌宕起伏。尽管阿六收藏的都是一些外国片，时代背景和生活习俗完全不为阿萍所熟悉，但反映出的人性还是能够被她感知到。阿六很鼓励阿萍在家里做这个电影功课，他觉得这对提高阿萍的艺术修养来说可能比读书更有效，起码不会那么枯燥。他甚至还开玩笑式地为阿萍设想过一种可能性：以她的外形条件，也许能有机会在某部电影或电视剧中饰演个角色，甚至可能取代女一号，因为她从她看过的影片中已经掌握了表演的要领，她缺的只是机会，而这样的机会也许还跟乐队的成长有关，也就是说，一旦乐队跨出了界，从舞台走向了片场，让阿萍当上演员就并非没有可能。阿萍听他这么一说，先是高兴了一下，接着又装出一副悲哀的表情，说到那时我就只能演老太婆了。阿六说不会不会，要等到老的话，岂不是等于我们早就下课了。无论如何，就像刚刚他和阿七在路上讨论的，音乐的未来也许同样在它的跨媒介性，从舞蹈到戏剧，从文学到当代艺术。他们不排除今后也跨界到电影，哪怕是从宝莱坞式的歌舞片开始。

在这一个接着一个的电影画面中，让人感到奇怪的是并没有出现过多少阿六的镜头，甚至那个扶起阿七的动作，特写也是给了阿七，阿六反而被切到了画外。这里也许涉及一个"他者"的问题，阿六在阿萍的心目中不是一个被观察的对象，他是自己的一部分，就像自己也是他的一部分一样，如果她没有将自己摆在镜头前，同样也不会给阿六一个角色。在她看来，每天的生活尽管不是相同模板的批量复制，但也绝对没有刻意追求不同，她相信生活就应该是这样，一切都是可把握的，太阳照常升起，火车准点到达按时开出，菜市场的档主每天都带着同样的笑容，卖蟑螂药老鼠药的吆喝声不早不迟地在楼下响起，所有这些都是可以预计的，她头脑中的画面就出现在这种预计与不可预见之间。如果阿六说到底是自己身体之外的另一种存在，阿萍同样不用在乎某些偶然性的出现，比如一大早赶去阿七的出租屋，作为偶然的一次举动，也还是跟他平时做事的风格一致。怎么说呢？如果你问起阿萍对阿六的感觉，她会说他什么都好，就是有太多的放心不下，无论对工作还是对朋友。当然啦，阿萍不会忘记马上补充一句，但他对我是绝对放心的，就像我对他也绝对放心一样。从这一点来说，昨天晚上在小文屋里的聊天尽管不怎么涉及阿七和阿六，但阿萍往沙发上一坐，就等于是把她和阿六相处的融洽踏踏实实地摆了出来，用不着多说一个字，小文就会受到感染，就会相信阿七无论如何都不会朝着相反的方向离自己越来越远。他们是兄弟，兄弟之间如果没有什么偶然发生，只会越来越像，越来越变成同一个人。

无论阿萍脑子里放映的这些镜头是不是跟真实的存在相一致，镜头从它只是画面这一点来讲，本身就是真实的。也因为这样，一部小说可以用这样那样的句子开头,一部影片可以将另一部影片的镜头不留痕迹地剪辑进去。虽然这有些不符合蒙太奇理论,忽略了不同的画面组合可能带来的冲击效果,但对于处于吸收而不是消化阶段的阿萍来说,她愿意相信她组织起来的镜头,愿意赋予它们合理性,这已经是她不断成长的一个标志。

一阵巨大的嗡嗡声覆盖了整个城中村的屋顶,差不多要睡着的阿萍被它惊醒,她推开窗子,使劲将头抬高,除了天空的一角,什么都看不到。她仔细地回忆这声音,感到像是银幕上飞机从高空俯冲下来时发出的,这里不是花都或白云区,就算是有过飞机经过,也从来没有飞得这么低。算了,不去想它了,这大概也是所有偶然性中的一种吧。阿萍看了看墙上的电子挂钟,指针正指向下午两点,一个没有睡着的回笼觉就把自己困在床上这么久,这对她来说有些异常,她感到一阵混乱正在朝自己袭来,却不知道源头在哪里。如果说是由阿七的醉酒引起的,可她昨晚跟小文待在一起非常愉快，从某个角度来说，这种两个女人之间漫无目的的聊天甚至舒服过和阿六亲热。或者也可以说，她们很少有机会能够这样，同时也不希望总能这样，所以才显得弥足珍贵。阿萍一边回忆起昨天和小文聊过的话，试图从那些毫无逻辑的入口找到内容或主题上的内在关联，但最终还是一无所获，也许除了电影，这差不多是她们两个在衣服裙子之外唯一的共同话题。当阿萍提到日本电影的时候，小文就会说自己最喜欢《四月物语》，她认为女主角榆野卯月所感觉到的那种幸福就是初恋的一切，一个女孩子如果没有经验过这样的感觉就不能算恋爱过。而且，小文在说得兴奋时又补充了一句：榆野卯月为了她的暗恋也是去了一间书店。阿萍瞪大了眼睛：有这样的事？这也太巧了吧？唉，小文一声叹气，阿萍不等到她往下说，用手在她的腿上来回摸了摸以表示安慰，她这个动作要传达的意思再明白不过：电影是电影，现实是现实。

为了让阿萍能够不费力找到自己喜欢的影

片，阿六花了一整天时间对自己的收藏进行了严格的分类，学着书店的做法给不同国家的影片按出品时间贴上标记，于是满满的架子上除了像书一样直立着的影碟盒子，还有各种颜色的标签，上面是阿六用马克笔写的国家名字，必要时还加上了一些修饰，如"法国新浪潮""意大利新现实主义"。阿萍在"日本新电影"一栏里寻找《四月物语》，用手指仔细地划过那些不同的字体，来来回回好几趟也没有找到。阿萍不甘心，猜想阿六也许把它放错了地方，就又去到"银幕上的日本电影"[①]那一个专格，从《生死恋》一直数过去，《追捕》《望乡》《砂器》《人证》《幸福的黄手帕》《远山的呼唤》《寅次郎的故事》《莆田进行曲》《海峡》……最终在《火红的第五乐章》旁边见到了《四月物语》。

影片果然就像小文评价的那样，适合每一

---

① "银幕上的日本电影"指的是二十世纪七八十年代在中国公开发行放映的日本电影，对我这一代或野山那一代影响较大。阿六作为八零后音乐人，和阿七一样也有着跨时代的爱好，所以不会限于自己时代的知识和信息。

个追求爱情的女孩子沉醉到她的初恋当中。这是一种既爱对方也爱自己的相当原始的恋爱，但不能忽略它也是由某些适合表达爱的场景构筑起来的，比如书店，无论位于哪里，都是一块清静之地，哪怕打开一本书，发现里面全是恐怖和鲜血，甚至大部分的爱情故事都以悲剧结束，但只要合上它们，书店作为场景立刻就显出远离尘嚣的本质。阿萍很欣赏小文对爱情的执着，相比起自己已经进入的小日子状态，小文一直都在把爱情置于理想的范畴，所以才会发现阿七在得到了这份爱之后露出了散漫的本性，让她想不到的是，这竟然是跟书店所传播的知识和观念有关。阿萍不知道该不该庆幸自己没有在爱情的问题上想太多，她无法像榆野卯月那样把追求爱情作为一种成长的动力，因为她和她起点不同。换句话说，爱情对她真的就像射过来的箭，来得的确有些突然，不能说草率，突然的结果是省掉了很多环节，比如性格上的磨合。她与阿六之间缺少争吵，不是谁让着谁，是两人之间根本就找不出矛盾。

阿萍试图跟着榆野卯月的激情走向影片情节的各种转角,但每一次她都情不自禁回到了自己的原点,这让她感到有些揪心。她分明知道自己也像小文一样,想在影片中寻找对应点,将自己代入进去,可她和小文原本也不是一类人,如果不是因为六七乐队,她们可能永远都不会认识。眼前这个榆野卯月,只要把国籍抽去,跟小文倒是比较接近,更何况她们还共同有着书店这样一个温馨而浪漫的背景。阿萍努力地想从这种对比中抽身出来,回到她平时对待一部影片的最基本的好奇,也就是比娱乐消费稍高一点的开阔眼界和充实心灵,可她觉得非常困难,好像有一股力量在控制自己,既不让靠近故事,又不允许离开。她想把影碟从DVD机里退出来,又担心这样做会造成自己更大的困惑,甚至会是一个不祥的信号。她不知道这种感觉是突然来到的还是终归要碰到的,这种不确切的疑虑自她和阿六生活在一起以来还从未出现过,甚至也从未估计到。她使劲地揪了揪自己的头发,想让轻微的疼痛驱散所有的疑虑,同时起身离开电视机,走去房间里唯一的窗口。她想打开窗户,伸出手才意识到它本来就是开着的。外面的光线正在告诉我们,时间已接近傍晚,阿萍转头望了一下墙上的挂钟,指针正指向六点五十七分,演出快要开始了。

路人甲

现在,录像拍摄结束了,导演对把守两头的助手说放人,被堵在两头的路人如同听见了发令枪响,面对面地从镜头前快速穿过,唯独其中一名男子,脚步缓慢,两手插在裤兜里,腿朝前迈着,身子和头却向着镜头。这个看起来有些扎眼的结尾画面,导演不忍心剪掉也无法剪掉,于是就带出了后面的故事。

我们将这名男子称作"路人甲",一个不知来历也没有目的的陌生人,跟整个故事的关系就像不小心滴在画上的一滴墨,由于位置不当,很难忽略不计。当晚,在剪辑间里,所有人的注意力最后都停在路人甲身上，无论多少次回放这个画面，我们都无法判断出他行走的目的，只好说他比晃来晃去的肥佬更游手好闲，也就是更缺少可依赖的社会背景。像他这样的人，走完整条中山路也见不到几个，有的话，必然属于要被警察拦住盘问一番的那种，所以我很好奇，他这样一直往前走最终要走去哪里，同时想象着他身上可能有的传奇与遭遇。这么说吧，从镜头前经过的其他路人，身份虽不确切，但动作和装扮至少能表明他们在整个社会体系中仍处于一定位置，有家庭有收入，只有这个人，用他动作的迟缓和一无所有告诉我们，他的目标就是在最后一刻进入故事，他不光有时间，还有这份闲心。当然啦，路人甲万万没有想到，这部小说讲的是男女之间的感情错位，就算他现在孑然一身，也同样要被我们放到一个对他来说可能存在的"爱情"里面，逼使他承认他所经历的一切也完全符合"伤心"这个主题。

几天后，我将录像中的这个画面进行了截

图，放大打印之后拿给书店周围的人辨认，大家都说没有见过这个人，于是我得出一个结论：路人甲不是住在这条街上。不住在这条街而要从这里经过，身上没有背包，手还插在裤兜里，这说明他要么很悠闲，要么想趁机干点什么。或许他原本并不打算穿过昌兴街，只是看到路口被绳子拦住了，出于好奇才跟其他过路的人站在一起，观察这里在做什么，等待着下一步将发生什么。当导演说放人的时候，路人甲的前后左右都是人，要回头已经很难了，于是他只好跟着人群往前走。如果往回走，那只会引起别人的注意，让他那本来还不明确的计划死在别人的盘问中。

此刻我想起了何曼丽倒地后围在她身边的那些人，他们当中会有人注意到路人甲吗？特别是丁先生，其他人几乎每天都跟昌兴街发生联系，要不住在这里，要不来这里上班，只有他属于真正的外人。他是出于什么考虑要在那里站了那么久呢？既然他并没有真正进入到关心何曼丽的队伍当中，只是远远地站着，那么他是否同时也看到了路人甲呢？丁先生，对，丁先生。我来到书店，向小文打听那天穿皮衣、戴礼帽的中年男子，问她有没有他的联系方式。小文仰头望着天花板，像是在回忆，又像是对我的询问表示不解。您说的是那个买了一本《福尔摩斯探案集》的人？我点点头，其实我根本没看见他夹住的是什么书，只知道是一本书。对啦，我想起来了，小文显得有些兴奋，说第二天这个人还回来过，不过不是为了买书，而是借补盖钢印跟我打听何曼丽的事情，他好像对那封信很感兴趣，当我说信在野山手上时，他就不再往下问了，我也不知道他到底有没有去找过野山，不过我想应该没有，因为他没有问我要他的联系方式。

　　一个路过现场的读者，仅仅是站在一旁看了一会儿，也没有打听什么，转头却对一个孕妇的被抛弃产生了非同一般的兴趣，此人一定不简单。我再次问小文丁先生有没有留下电话号码，或者去哪里可以找到他，小文身体往椅背上一靠，摊开两手，表示什么都没有。好吧，就像当初丁先生放弃找野山一样，我也放弃了去找丁先生。我不管他是什么人，总之我们都不想做徒劳无功的事情，这是我们性格中跟好奇心相对应的另一面，甚至可以说是对好奇心的一种保护。好比现在，我虽然放弃了去找丁先生，但是关于路人甲的种种疑点，却越来越频繁地占据我头脑的空间，事物的矛盾作用就是这样。没有丁先生还会有其他人，如果没有其他人，那我就自己来吧，总之是要搞清楚。

回到那个画上的一滴墨，你们又该笑话我了，但我真的就只想到这么一个比喻。这样的墨滴，无论是有意安排的还是不小心弄上去的，要想不让它扎眼，就只有承认它存在的合理性，甚至从一开始就要对它有所预计。为了它的合理性，画家会对原先的构设做一些改变，比如干脆扩大它的范围，把它变成一块石头，或者从它的位置长出一棵树，有时这反而会获得意外的效果，反而会让人拍手称好。这样的例子，在我的业余绘画生涯中，也不止碰到一两回了，所以我一看到路人甲回头，就想到了墨滴。

再举一个例子：我对路人甲的兴趣或许还像观察一个茶杯，如果你说这杯里的茶可以喝，那我二话不说就喝了；如果你说杯子本身以及茶水里都含有细菌，那么我就要想想，是先化验过再喝还是根本不再碰它。在我看来，路人甲的转身看镜头，就等于有人提醒我茶水里有细菌。当然啦，这个例子很极端，基本上不会出现在现实生活里。那些天生有洁癖的人，或者是在医院工作的人，你就算不提细菌的事，他们在日常生活中也会万分谨慎。只不过过程归过程，结论归结论，再谨慎的人也不至于为了一杯茶思前顾后，这是他们既值得信赖又值得尊敬的地方。

走出书店时，我在刚才胡思乱想的触发下又有了一个新的主意：也许路人甲当时不是在看镜头，而是注视着镜头后面的什么东西？我从口袋里掏出那张已经有点皱巴巴的截图打印件，校准了路人甲当时站的位置，站过去，也像他那样扭转头，将两手插在裤兜里，注视着那天摄影机的位置。结果是,除了它们后面的铁栅栏,别的什么也没有看到。问题不在这里。经过这番试错,我坚信继续在昌兴街寻找答案将毫无意义。路人甲只是一个路过的人,他的所有秘密,如果称得上秘密的话,应该都在别的地方。

昌兴街的长度,无论目测还是用尺度量,都在两百米之内,一眼就能望到头,但像路人甲这样无所事事地走走停停,倒也可能花上些时间,如果再用上芝诺悖论,走完全程得先走完一半,走完一半又得先走完一半的一半,如此一半的一半,那他就永远走不出昌兴街,我们看到的就只有他不断重复的动作,就像一张被划伤的唱片在唱机上不停地原地打转一样。小街的两边,除了书店和牙科诊所,更多的是士多店、快餐店、拉面馆和理发店。开店的人,无论是住在这里的"原住民",还是辗转来到的所谓"新客家",都喜欢把整条街道当成自己的家,将桌椅摆到外面,在上面喝茶、吃饭、打麻将。要是有谁开车经过,不小心就会碰到它们,不是桌椅歪了,就是车边被刮出一条印痕。导演车上的那无数条刮痕,说不定其中就有经过昌兴街时留下的,也可能同时还撞倒了什么他自己都没有察觉。

　　路人甲往前走着,速度还是那么慢,两手还是插在裤兜里。在他的前面,一辆华晨宝马正被卡在道路中间,进退两难。桌椅的主人,好像故意要刁难一下司机,坐在原地一动不动,一直和他旁边的人抽烟喝茶吹水。司机也似乎铆足了劲,要跟桌椅的主人比赛耐力,坐在车里一动不动,既不按喇叭,也不摇下车窗。一般发生这样的情景,那些好管事的阿婆路过时就会先指责司机,说这么窄的路把车开进来就是不对的,停去停车场也花不了几个钱;接着又批评不行方便的人,说你一直这样不让,我都没有路可走。可是,今天路上没有这样的阿婆,只有从远处走来的路人甲,他出现在汽车的倒后镜里,车里的司机能看到他两只手一直是插在裤兜里,离自己越来越近。路人甲现在站的位置，左边是汽车，右边是桌椅，他与它们之间形成了一个等边三角形。他看了看桌椅的主人，又看了看司机，估算了一下车子还需要多宽才能过去，就抽出插在裤兜里的一只手，漫不经心地抓住桌子的边，将桌子往里面挪了挪，接着再去挪椅子。干什么？桌椅的主人发飙了，站起身，伸出一只手，使劲推了路人甲一把，顺势又抬起一条腿，将桌子踢回到原来的位置。路人甲受了他这一推，劲头反而上来了，索性将另一只手也从裤兜里抽出来，使出全身气力，将桌子和椅子哗啦啦全推到了路边，他那力大无比的动作甚至还波及主人摆在门口的一台饮水机，只见它摇晃了几下，差点就要摔倒，不过最终还是站稳了。气急败坏的桌椅主人，也顾不得去想椅子有多贵重，操起一张就朝路人甲扔了过去。路人甲一闪身，椅子径直朝车顶飞去。

一直坐在车里的司机看到路人甲动手，早就打开车门，站到了外面。当椅子飞过来的时候，他一伸手，接住了。桌椅的主人又开始扔第二张，路人甲也一伸手，飞到一半的椅子被他挡了回去。坐在一旁跟桌椅主人聊天的几位，眼看情形不对，纷纷站起身来，一边架住桌椅主人，劝他算了算了，一边朝司机挥手，示意他快快把车开走。司机得了路人甲的帮助，还不知怎么答谢他又担心他再遭不测，就把他拽到副驾这边，打开车门，将他使劲塞了进去，然后迅速回到驾驶座这边，关上门，启动车子，把还在气头上的桌椅主人留在了一片模模糊糊的谩骂和劝架声中。这声音越来越小，最后就完全听不到了。

刚才的叙述就跟路人甲的遭遇一样，完全属于意外。在我决定要把路人甲单独作为一个人物来展开时，我并没有想到他还是一个如此爱管事的人，这跟他两只手插在裤兜里的形象很有些不符。还有那辆华晨宝马，依据当时录像拍摄已经把路堵住的情况，它不可能从中山五路这边的路口开进来，摄影机也没有记录到它从书店门前经过。要证明它的存在，只有一种可能：它在录像开拍前已经停在发生争斗的那个位置，几个小时前甚至半天前，以至于桌椅的主人非常恼火，因为它挡住了他做生意。后一种推断我相信是合理的，也很好地解释了桌椅主人的行为并不是无中生有。而且，根据他的这一行为，足可以断定司机也不是住在昌兴街，不然邻里之间弄得如此紧张以后不好相处。一般的生活经验告诉我们，司机可能属于一个比较节省的人，不想把车停去停车场，也可能他原本只是想停一会儿，没想到要办的事情比估计的要复杂，没想到最稳妥的做法是先将车开去停车场，再回来办事。是的，有太多事情人们是无法预计的。

是的。紧接着刚刚出现在笔端的"无法预计"，我突然又生了灵感，觉得不应该就这么随便将司机停车的目的简述成"办事情"。甚至，所有叙述中的略指，都不能出于无法确指，它的的确确只是一种修辞手法，不是事物本身。根据这个新增的自我要求（自然是为了让故事更有可读性），司机的身份进一步明确起来，跟他未来将出现的模糊性一点也不矛盾：他就是何曼丽的老板，某个规模不大的公司的法人，戴着眼镜，举止斯文，有了这些特征，接下来我们就可以叫他"四眼先生"。那天，野山将何曼丽扶进屋子没多久就离开了，是主动离开还是被要求离开，不得而知。何曼丽缓过来之后，想起公司还有一大堆工作在等着她去完成，可又实在不想让老板看到自己这副样子，于是打起精神给四眼先生去了个电话，说今天有些不舒服，下午就不去公司了。四眼先生在电话里简单问了一下情况，出于不放心和关心，立即开车过来探望何曼丽，起初以为只待一小会儿，结果聊久了，忘记了本来就不宽的道上还停着自己的车，这就导致了那个档口主人的愤怒。

从单独一条情节线索来看，四眼先生作为何曼丽的老板再合适不过（同样，不大不小的公司和相对轻松的职位也适合一个孕妇）。但是，既然他在何曼丽屋子里一坐就坐了几小时，差不多半天，怎么可能跟路人甲的行走同节奏呢？按照四眼先生离开何曼丽屋子的时间，路人甲早就不在昌兴街了，就算他像蜗牛一样往前爬，那也应该很早就到了巷口，除非他一直没有离开（或者真的被芝诺悖论验证了）。但是，既然没有离开，为什么所有周围的人都说没有见过他呢？

　　重复。对啦，一切问题都出在重复。我们从来没有相信过路人甲会像肥佬一样四处溜达，我们只是觉得他有点闲，甚至曾经还相信他是出于什么特殊目的才经过昌兴街。假如第二天他又来到昌兴街，而且是在晚上（的确，只可能是晚上），不是有心人的话，想认出他来可没那么容易。他重复来到昌兴街并没有什么目的（没有目的，即"无动机"，这是文学特别要抓住的一点），真有的话，就是藏于每个人内心的重复装置突然在他成为路人甲的那天给启动了，于是他情不自禁地第二天或者第三天又重走了一遍。也许他就跟王宝强当年去少林寺一样，以为昌兴街每天都会拍电影吧。

　　同样，四眼先生第二天或第三天也重复来

了一次昌兴街找何曼丽。随后，他将继续保持着每隔两三天去探望何曼丽的节奏。在那里，他将多次遇见野山，不过这都是后话了，跟路人甲的故事无关。

四眼先生在车上对路人甲连说了好几声谢谢，说要不是他出手，今天还不知道怎么收这个场。路人甲一只手按住刚才被桌椅主人碰撞过的臂膀，用五个手指使劲掐那个疼痛的位置，暗暗佩服桌椅主人功力的同时，也庆幸自己逃过了一劫。

等到他们各自的情绪都从刚才的险境中舒缓过来，已经在宽阔的东风路上走了一大段的车子突然拐进了狭窄的竹丝岗二马路，停在了一个亮着"足浴"灯箱招牌的三层楼门前。你住这里啊？四眼先生当然知道路人甲是明知故问，或者他真正关心的是这家足浴店是不是自己开的。任何现代人都明白，足浴这种可有可无的消遣放松，既可以专门针对自己的疲倦和无所事事，也可以用来款待朋友。现在，四眼先生就把路人甲当成了朋友，尽管认识还不足半个小时，但已经觉得他身上有替朋友说话办事并且不讲条件的特质，他要好好地答谢他一下，也顺便多了解他一下，看看今后是不是有什么事情可以托付给他。

　　足浴店设在二楼，一楼只站着一位接待小姐。她穿着紫红色旗袍，上楼时将旗袍的下摆提了提，以防被高跟鞋踩着。二位小心楼梯，它有点陡，接待小姐提醒四眼先生和路人甲。上了二楼，能够看到眼前是一条长走道，走道的两边是大小相同的房间，只有一间开着门，里面三个男人正在享受三个技师的服务，另外几间的门都紧闭着，猜不出里面是有人还是没人。接待小姐将四眼先生和路人甲领到走道尽头顺数过来的第二间，开了门，开了灯，说这边比较安静。四眼先生和路人甲稍微打量了一下房间，发现它的陈设跟刚才开着门的那间一模一样：三张可以调整靠背的沙发对着一台电视机，沙发与沙发之间是茶几，茶几上摆放着烟灰缸，其中一个烟灰缸的两边躺着一黑一白两个遥控器。接待小姐拿起白色的遥控器,对准墙上的空调按了几下,随即空调的指示灯亮了,叶片开始缓缓转动。二位有熟悉的技师吗?接待小姐问。没有,四眼先生回答得很干脆,有也走光了吧。他最后这句不光接待小姐听懂了,路人甲也听懂了,表明他将车子拐进来又利索地停靠下来,这一连串熟练的动作不是偶然做到的。几年来,四眼先生的确是这里的常客,能清楚地记得它里里外外所发生的变化,记得服务过他的每一张脸。不过,由于技师的更换太频繁,尤其是那些模样稍好的,不足一月就转到了别处,或者是别的城市,深圳或者上海,他就懒得再仔细想她们谁是谁了。

两人在沙发上坐定,等着接待小姐安排的技师到来。四眼先生从口袋里掏出烟,自己先从里面抽出一根,又把它递给路人甲。谢谢,戒了。路人甲的确对烟没有欲望了,而且依他目前的条件,也不允许他对烟有欲望。你是做哪一行的?四眼先生觉得现在问这个比较合适。哪一行都不做,又哪一行都做,如今做什么都要看机会。路人甲觉得自己的回答既真实又留有余地，为了回礼，他把头转向四眼先生：先生你呢？四眼先生吸完最后一口烟，往烟灰盅里掐灭烟头，他正等着他这么问呢，但他没有马上回答。他如果回答得跟路人甲一样，说自己也是什么都做，断定他不会满意，也拉不开两人之间显然存在的地位差别，但他可以如实地告诉他吗？不，他可以采用相对抽象或概括的说法，将自己的行业归到一个能让一般人理解的大类，比如投资、营销、咨询这些可以装进任何具体内容的行业，这也具体地说明了自己的什么都做还是有侧重点，不同于那些不出门就找不到活路的人。

你猜我是干什么的，你猜猜。四眼先生想到了在足浴店用来跟技师调情的惯用手法，他相信用在这里会使过程更风趣，可能性更多。路人甲没想到自己突然要进行一场面试，但也只能接过话题，在头脑中迅速地将对方的外部情况来了一个汇总：华晨宝马，金边眼镜，米色夹克衫和条格衬衫，同样米色的休闲裤和白色耐克运动鞋,还有摩托罗拉手机和他刚刚递过来的五叶神香烟,这些东西看起来没有一样是相互冲突的,但似乎也无法确定它们跟某个行业有必然的关联。经过这一番对物的汇总之后,路人甲想到了自己平时由于过分好奇而带来的困惑,比方说他一直不明白"投资公司"是干什么的,不明白"理财"究竟是把钱管住还是把它花出去,如果要在"投资"和"理财"两个之中为对方选一个,他宁愿选"投资",他看中它作为生意的普遍性和模糊性,甚至还有它的高端性,说对了,可能四眼先生还能为自己解惑。至于"理财",虽然他一直存在疑惑,但它跟钱直接有关,这一点不用怀疑,而他现在缺的就是钱,无财可理。

四眼先生用手掌重重地拍了一下沙发扶手,在哈哈哈的大笑中肯定了路人甲的判断。没错。投资。哇,看不出来你眼光还挺狠的,看来你的社会经验不比我少啊,老兄。四眼先生第一次使用"老兄"来再次拉近两人之间的距离,不管路人甲所想到的"投资"是不是包含了自己目前所做的，或者将来想做的，但这个行业的变数正是他得以不断优化自己身份和处境的基本条件。那么……当路人甲得到四眼先生的高度肯定，正想继续往下问具体是哪方面的投资时，两名技师一前一后端着木桶推门进来了，走在前面的是短发，跟在后面的是长发，但是扎成了一个马尾辫。她们穿的是袖子只去到七分的中式工服，但颜色和接待小姐的一样，都是紫红色。四眼先生和路人甲按照技师的指令先将鞋子脱了，又将裤腿高高地挽起。哇，你腿好白呀！当服侍路人甲的短发技师正要帮他将裤腿再卷高些时，发出了一声惊叹。听到她这么习惯性地赞扬自己的同伴，经验丰富的四眼先生将自己的一条腿伸直了，亮到扎马尾辫的技师跟前，说看看我是不是也很白。是呀，你也很白呢，那你们两个比比看谁更白，马尾辫边说边笑，将四眼先生的腿放回搁凳上，起身去门边拿起了那个挂在墙上的电话：七号房起钟，两位。

凡是喜欢出来沐足或者按摩的男人，跟技

师的对话没有一次不是从"干哪一行的""哪里人"这样的一问一答开始,而最后的结果总是能让双方找到某些共同点。比方说,当技师说自己是四川人时,顾客就会说自己曾经在自贡做过一年生意,赔了本,只好又跑回来了。这种回答是比较老实的,比什么老婆生孩子了没人照顾只好回来生意交给别人要老实得多。老板你们是哪里人啊?马尾辫技师果然这么开始了,四眼先生看了一眼正从滚烫的水中抽回脚的路人甲,用回了之前的技巧:你看我们像哪里人?广州?不像,你们都不说白话,要不就是深圳吧,我们这里经常有深圳的客人。马尾辫一边帮四眼先生按脚,一边像背书一样把每天都说的这类话又说了一遍。四眼先生能在这里面抓住的唯一关键词就是深圳,他的确在深圳待过几年,在那里赚得了他的第一桶金,然后又加倍地倒了回去。你去过深圳吗?四眼先生问马尾辫。怎么没去过呀?我从那边过来的呢。深圳不好吗?好是好,就是生活成本太高了。马尾辫用了"生活成本太高"来代替

"物价太高",说明她非常懂得她所面对的客人社会地位千差万别,其中很多人并不一定要处理柴米油盐这类小事情,一门心思都在对经济做宏观把控,所以跟他们说"物价"只会给人造成自己见识短浅的印象,而说"生活成本"就不同了,除了体现自己已经融入城市,还能照顾到那些能买房、能养车、能送孩子上重点学校的成功人士。

短发技师没有像她的姐妹一样从这样的问话开始,她甚至根本就没有讲话,只是一边帮路人甲按脚,一边用一对大眼睛时不时地看他几眼,当作是在跟他交流。路人甲,自从老婆离开他之后,三年来从未被一个女人这样轻柔地捏过,这样认真地盯过,他内心开始涌现一股难以抑制的情绪,眼睛开始湿润。他拿起茶几上的黑色遥控器,对准电视机按了几下,只听嗞的一声,屏幕亮了,里面正在播《金婚》。

路人甲就这样一直盯着电视机,表情却显得有些走神,电视机里的蒋雯丽和张国立究竟讲了些什么,他根本没有记住。在他的旁边,四眼先生和马尾辫技师的对话时断时续,内容大都围绕技师的提成、父母和男朋友。技师们往往都承认自己有男朋友,但她们从来不说男朋友是不是知道自己的工作性质,也不说是不是同乡同学。在四眼先生的经验里,这样的男朋友有时的确是不便公开的,像他这种情况的客人,如果多来几次,主动一点,极有可能就成了她们的男朋友。

离开足浴店,四眼先生又带着路人甲继续上路。整整一个晚上,除了泡脚、探骨、跟技师聊天,四眼先生好像不用做什么事情,而路人甲也同样是没什么事情可做。华晨宝马从农林路穿过东山口,在内环路高架下面走了一段,经过两次红绿灯之后冲上了江湾桥,然后一直顺着内环路高架滑入工业大道,七弯八拐很快钻到了鹤洞桥下面。在停车熄火的那一刻,四眼先生很不经意地问了路人甲一句:你会开车吗?不会。路人甲回答得很干脆,他既没有车,也从来没有想过要学开车。他以为四眼先生只是随便问问,却没有把握住对方的风格，没有搞懂任何严肃的事情在四眼先生那里其实都是以随便的方式开始的。当然啦，这没什么要紧的。

鹤洞桥下面的"河畔海鲜"还没有打烊，或者说才刚刚开市，七八张桌子已经被人占领，只有一张桌子空无一人，但上面堆满了盘子、杯子和酒瓶。排档老板好像跟四眼先生很熟，至少是不面生那种，临时找了一张折叠桌，将它架到了更加靠近水边的位置。四眼先生连声说这样好这样好，空气清新，环境优美。他示意路人甲坐下，自己跑去档口那里检查老板今天的生蚝是不是够新鲜。

路人甲坐在带扶手的塑料椅子上，身体后仰，紧贴椅背，两手平放在扶手上，保持着对称。在离他不到一百米的地方，光线比别处都暗，有一群人围着一辆摩托车，听不清正议论着什么。说话最多的是一位个子很高的外国人，他走到摩托车前，用手朝空中画了一个大圈，于是所有人朝他点头。外国人拍拍手，那些点头的人就赶紧离开摩托车站到了一边，只留下司机待在原地,等着一道开始的命令。

四眼先生还没有回来,身着超短裙的啤酒小姐从远处朝路人甲走来,双手交叉,将一块金光灿灿的酒牌抱在胸前,挡住了她那分明已经显露出来的乳沟。路人甲忍不住朝那个诱人的部位望了几眼,随即装出淡定的样子将目光移开,转头寻找四眼先生。他想喊他,但他还不知道他的名字,他对他的了解除了他的慷慨没有其他。这很重要吗?也许是的。这些年兜兜转转,他已经分不清真假,看不准每一次来到跟前的是机会还是陷阱。或者这么说吧,以他的没有系牢绑实的处境来看,机会就像自己老婆一样,一旦发现他依靠不了,就会无声无息地消失在他还没有反应过来之前。这也不好说是陷阱,他还不具备让人设陷阱的资本。如果真是陷阱,那他宁愿把它当成机会,跳进去也就知道是什么滋味了。

随着几声摩托车司机呼油的呜呜呜,路人甲眼前出现了紧张的一幕:一个外国人,不是刚才那位,是另一个穿白色西装、系围巾的中等个子,噌的一声跳上了摩托车的后座,还没有坐稳,司机就将车子来了个一百八十度的大转弯,加大油门朝桥底开去,像是受了什么惊吓,或者遭到了什么人的追赶。这是在拍戏吗?路人甲总算看明白了。

录像的完整脚本

片名：小街风情

演员：仁　科，茂　涛，蔺子焉，王冬雨
　　　王华栋，李婉仪，冯毅智，简　汇
　　　黄周妥，黄家贤，余梓麒

作词：陈　侗

作曲/演唱：茂　涛

编曲：五条人

摄影/剪辑：东影传媒（广州）

伤心的人啊你不要太伤心

每个人都有过伤心的一天

我收到的信比你多得多

封封都像针刺我的心

你爱的那个人未必真的不爱你

要不然他甩头就走哪还用得着给你写信

虽然爱情能让生活更美丽

但它的确也像夏日的天气说变就变

伤心的人啊你不要太伤心

你一定要学会忘记过去让自己活得更坚强

伤心的人啊你不要太伤心

你一定要学会忘记过去过好自己的每一天

——《小街风情》插曲《伤心的人》

2008年的春天①,广州。

老城区(越秀区)中山五路与北京路交界处的昌兴街。

一家书店(正对着新大新百货的后面)。

五台佳能照相机架在五个三脚架上,相互之间距离相等,保持一条与书店平行的直线,背靠新大新,镜头面朝着书店。

书店旁边的巷子口,三盏拍摄用的照明灯悬挂在支架上,高高立起。在整个拍摄过程中,这三盏照明灯将出现在画面中,即有意造

---

① 录像原本没有设定故事发生的具体年份,只是希望放在微信还没有出现之前,给"书信"的最后使用留出可能性。不过,当小说中出现让-菲利普·图森拍摄《逃跑》的情节时,整个故事就只能放在2008年二月了。在这个真实的时间里,相关的细节大部分属于虚构。

成现实主义影像极力避免的"穿帮"。导演想告诉人们"这里正在拍摄一个录像",而不是"一个录像拍摄于这里"。

和繁华的中山五路和北京路相比,属于内巷的昌兴街相对安静,我们的故事就发生在这里。情节是完全虚构的,但不排除某些真实性。它在这一点上给人的感觉如果属于"雷同",那么作者将要说,这不属于"巧合",而是故意安排的。

没有什么角色属于"首先出场",所有的演员从一开始就待在被预先指定的位置或同时走进画面:谭明珠在楼上浇花,肥佬坐在她每天必经的门口,店员小文在书店敲击键盘,孕妇何曼丽拿着衣叉和提桶走出了屋子,野山边走边看着手中的稿子,阿六和阿七在巷子口调音,丁先生走进了书店,一男一女在书店外面的走廊上下棋。只有投递员,他骑着单车稍后才赶到,这是基于他职业的流动性,导演只能如此安排。

故事是这样的:音乐人阿七昨晚喝醉了,

女友小文怎么也联系不上他，仅仅知道他喝醉了，不知道他跟什么人在一起。

小文在书店上班，也是在书店认识的阿七，他们作为一对情侣，如果双方都有令对方不满意的地方，那只能说是对"爱情生活"而不是"爱情"的理解不同。酒醒之后，在阿六的一再催促下，阿七不得不跟着他来了书店，听从阿六的建议向小文说明情况并道歉。两个人带着手风琴和吉他来到了昌兴街，他们计划如果当面还说不清，就用歌声来打动小文。这个方法有时出现在好莱坞和宝莱坞的歌舞片里，在现实中有没有效，试过才知道。

录像一开始就是阿六阿七在巷子口的照明灯下调音，调着调着就正式弹奏起来。声音当然传到了书店里，不多久，小文就拿着一本《幽会的房子》[①] 走出书店，走进了隔壁的小

---

① 虽然录像画面上无法看清楚书名，但为了对应罗伯-格里耶在给我的信中想象的"一位女大学生在广州的小餐馆里读《幽会的房子》"，这种细节还原似乎是很必要的。此外，从故事以书店为中心来看，"幽会的房子"用在这里又有了多重含义。

食店。当她从阿七跟前走过时,连看都没有看他一眼,但阿七还是跟着她也走进了小食店。

与此同时,投递员骑着他那辆 28 寸的邮政单车从昌兴街的里头过来了,他左脚踏在地上,右脚搁在脚蹬上,举起一封挂号信,大声地朝楼上喊:谭明珠!挂号信!随即听到的就是谭明珠的一声回应:来啦。

谭明珠下楼后踢开了挡在门口的肥佬,走出去跟投递员签收挂号信。小食店里,阿七拉响手风琴,用歌声求小文原谅自己。巷子里,已经走到信箱位置的何曼丽放下衣叉和提桶,打开信箱,找到远在美国的未婚夫寄来的信,挺着肚子,一边慢慢地挪动脚步,一边读着信。在她的身后,同样缓慢走动的是野山,他一直在读手里的稿子,但他似乎也一直尾随着何曼丽。离他们最近的是阿六,他继续在弹他的吉他,但似乎听不出是什么曲子。

何曼丽拿着那封信,一边读一边往前挪动着脚步,读着读着就突然停住了,她的身体开始倾斜,一会儿向左,一会儿向右,看上去四肢毫无支撑的气力。当何曼丽快要倒下时，一直紧紧跟在她后面的野山一个箭步冲上去，用一只手将她扶住。站在一旁的阿六也停止了正在弹的曲子，帮助野山把何曼丽扶到旁边的一张椅子上坐下。当野山终于腾出手来，便从地上捡起了那封信，揣进了自己的裤兜里。

看着何曼丽慢慢地从昏厥中苏醒过来，阿六说了一句"别太伤心"，就弹奏了一首《伤心的人》。歌词说男人也和女人一样，经常受到感情变故的刺激，但爱与不爱并不能简单下结论，无论如何都要保持健康的心态，过好自己的每一天。

正在书店门口浇花的谭明珠意识到旁边巷子里发生了事情，赶紧放下洒水壶，冲到何曼丽身边，甚至示意两个男人离开一点，有她来照顾就可以了。

小食店里，当阿七在歌曲末尾加了一句对唔住罗①之后，小文终于接受了他的道歉，两

---

① 这一句粤语是扮演阿七的仁科在录像拍摄中的即兴发挥。

人高高兴兴地走出小食店,立刻就看到了眼前的一幕,于是小文也上前帮助谭明珠照顾何曼丽,阿七也加入了《伤心的人》的演奏。正在书店门口游手好闲的肥佬拎着啤酒瓶也过来凑热闹。只有一直在玻璃门外面下棋的一男一女,他们对于身边发生的一切无动于衷,只听见男的在自言自语:点会咁架?冇可能架。①

听到歌声,从书店办完事出来的投递员停住了,买了一本书后出来的丁先生也停住了,他们和肥佬一起站在一旁观看,眼前的场面令他们有所感动。

众人在歌曲还没有结束时簇拥着何曼丽回屋,但只有野山一直将她护送到了房间里。歌声还在继续,众人随着音乐的节奏各就各位,只有投递员和丁先生先行离开了。

阿六和阿七在书店门口继续将《伤心的人》唱完,谭明珠上楼继续浇花,肥佬继续坐到了门槛上,一男一女继续在下棋。导演说"放人",于是被一直堵在路口的行人开始穿过

---

① 粤语,意为"怎么会这样?没可能啊"。

镜头,其中有一个男人双手插在裤兜里,朝镜头看了看,于是他成了"路人甲"。

附注:《小街风情》是我为个展"鸡毛信"专门拍摄的录像,和它一起展出的还包括几十幅故事性的画作和抄写的信件。[①] 这个展览的主题是关于现代的沟通方式,即我们应当如何对待中间技术或低技术状态下人类的交往。当然不是为了讨论信息交流技术的变化,而是把这种变化所形成的"文化记忆"一一呈现出来。所以,表现电报时我所关心的是什么人在什么条件下为什么发电报,表现书信时也是为什么写信以及书写的形式。唯独这个录像,它虽然以"书信"为故事的线索,但它真正的主题是人与人之间的关爱,这与我一直以来的创作很不一样,甚至也与我本人介入生活的态度相去甚远。这一点尤其体现在那首由我作词,

---

[①] 这个展览由樊林担任策展人,2019年二月至四月在广州的逵园艺术馆举行。在我的意识中,录像的名字可能还与环市路的同名意式餐厅有关。

由茂涛谱曲并演唱的《伤心的人》里。2020年，五条人参加"乐队的夏天"之后，这首歌登上了舞台，后来又经过了重新编曲，成为五条人新专辑中的第七首。"七"是我自认为的幸运数字（还有奇数比偶数更美），也许就因为这个，我开始写小说《伤心的人》①，把我观察、理解和想象到的社会生活尽可能放了进来，因此小说不是录像的翻版，录像所提供的是小说创作的起因和故事框架。

---

① 最初是应鲁毅之约，我写了"野山""谭明珠"和"何曼丽"，由梅菲斯特书店印成了小册子，后来加上去的几个人物是在决定写成一部"长篇小说"之后才开始构思的。

磨铁读诗会
小说

《通俗小说》
仁 科著

《伤心的人》
陈 侗著

磨铁读诗会